Heidi Schmidt

Paulas Tagebuch 2

... und weiter geht's

FRANCKE
Verlag der Francke-Buchhandlung GmbH

Dieses Buch widme ich einem wirklich guten Freund und
„Paulas“ wohl größtem Verehrer
Dr. John Murdoch

2. Auflage 2003
ISBN 3-86122-491-7

35037 Marburg an der Lahn
Umschlaggestaltung: Reproservice Jung, Wetzlar
Umschlagbild: Premium
Satz: Verlag der Francke-Buchhandlung GmbH
Druck: Ebner & Spiegel, Ulm

4 Teens only

Vorwort

Wer Paulas erstes Tagebuch gerne gelesen hat, wird sicher schon gespannt auf diese Fortsetzung gewartet haben. Eigentlich hatte Paula ja beschlossen, mit dem Tagebuchschreiben aufzuhören, aber nun hat sie es sich zum Glück doch noch einmal anders überlegt. Und so kann hier der Leser erfahren, wie sich Paula mit den kleinen und großen Nervigkeiten des Lebens herumplagen muss, aber auch hin und wieder erstaunliche Entdeckungen macht. Klar, dass die Mitglieder ihrer Gemeinde, wie zum Beispiel die – in Paulas Augen – überfromme Familie Bartens, Frau Beckmann (die so scheußlich singt, als würde ihr jemand mit einem 18-Tonner über die Füße fahren), die alte Frau Krein oder der Chorleiter Herr Schröder wieder eine Rolle dabei spielen. Aber auch all die anderen sind natürlich mit von der Partie: Nico, (Groß-)Tante Olga und Paulas Freundin Carolin, die Paula immer Coffee nennt, weil ihr Name Paula an Caro-Kaffee erinnert.

Wie schon im ersten Band werden hier wieder frei nach dem Motto „Was sich liebt, das neckt sich" die Schwächen und Macken unserer Mitmenschen (und natürlich auch unsere eigenen) erbarmungslos, aber liebevoll aufs Korn genommen. Viel Spaß beim Lesen!

Heidi Schmidt

Freitag, 5. Mai

Eigentlich hatte ich ja beschlossen, mit dem Tagebuchschreiben aufzuhören, nachdem mein „herzallerliebster“ Bruder Nico mein Tagebuch gefunden und sich darüber halb totgelacht hatte. Aber irgendwie habe ich mich so an das Tagebuchschreiben gewöhnt, dass es mir in den letzten Wochen richtig gefehlt hat. Außerdem passiert so viel, dass ich mir das gar nicht alles merken kann; ich meine, falls mich meine Enkel später mal fragen, was in diesem Jahr so alles passiert ist. Deshalb habe ich beschlossen, doch weiterzuschreiben. Allerdings werde ich das Tagebuch nun immer an einem todsicheren Ort verstecken, wo absolut niemand es finden kann, nicht mal die Polizei bei einer Hausdurchsuchung (obwohl ich nicht glaube, dass jemals ein Polizist speziell danach suchen wird). Ich weiß bloß noch nicht wo. Ich verstecke das Tagebuch sicherheitshalber erst mal unter meiner Matratze. Ich glaube, da ist es ziemlich sicher.

Aber nun fange ich an. Also, erst mal zu Quentin, dem wunderbarsten Jungen ... äh Mann (!) dieser Welt. Er ist leider immer noch mit Yasmin zusammen. Ich meine, Yasmin ist zwar ganz nett, soweit ich sie bei meinen Besuchen damals im Krankenhaus kennen gelernt habe (sie hatte übrigens wohl doch nix Schlimmes, nur zu viel gearbeitet oder so), und ich gönne ihr die Freundschaft natürlich auch von ganzem Herzen, aber die beiden passen überhaupt nicht zusammen. Nur ein Beispiel: Er spielt Gitarre (wie ich!) und sie spielt Querflöte! Also ein völlig anderes Instrument! Oder etwas anderes: Quentin hat dunkle Haare (wie ich!!) und Yasmin hellblonde! Oder: Yasmin spielt gerne Handball und Quentin steht mehr auf Volleyball (wie ich!!) - also zwei total unterschiedliche Sportarten! Und sie kommt aus der Stadt und Quentin wohnt bei uns im Dorf (wie ich!!!). Das sieht doch ein Blinder mit'm Krückstock, dass das nicht gut gehen kann mit denen! Als ich Nico gestern beiläufig erzählte, wie absolut gegensätzlich die beiden doch sind, grinste er nur blöd und fragte, ob ich etwa eifersüchtig sei! Ich? Eifersüchtig? So ein Quatsch! Ich mache mir bloß Sorgen um Quentin; schließlich will ich, dass er glücklich ist! Aber das ist mal wieder klar, dass Nico so was nicht kapiert.

Samstag, 6. Mai

Bin abends zum Jugendkreis gegangen. Meine noch immer beste Freundin Coffee ist immer noch mit Ottmar zusammen!!! Ich meine, noch vor einem halben Jahr war es unvorstellbar, dass Coffee, die mit den Fotos ihrer zahlreichen Lover fast schon ihr Zimmer tapezieren könnte, sich jemals auch nur einen Abend lang mit Ottmar abgeben würde, von dem man sofort den Eindruck hat, er wäre einem Schwarzweißfilm aus den 40er-Jahren entsprungen. Na ja, vielleicht gilt in diesem Fall: *Gegensätze ziehen sich an.* Jedenfalls kommt Coffee jetzt auch immer mit zum Jugendkreis. Finde ich klasse. Aber ich bin mir nicht so ganz sicher, ob sie schon „richtig bekehrt" ist.

Es ging heute um das Gleichnis vom „Pharisäer und vom Zöllner", also da, wo dieser arrogante, blöde Pharisäer betet: *„Danke, dass ich nicht so bin wie andere Leute, wie Sünder und, zum Beispiel, wie dieser Zöllner dahinten!"* Und der Zöllner sagt nur: „Herr, sei mir gnädig, ich bin ein Sünder!" Das Gleichnis ist echt krass, finde ich. An Gottes Stelle hätte ich auch den Zöllner bevorzugt und den Pharisäer abgewiesen. So ein eingebildeter Schnösel, der sich für was Besseres hält - nee, so was finde ich echt zum Kotzen!

Danke, Gott, dass ich nicht so blöd und arrogant bin wie dieser Pharisäer!

Sonntag, 7. Mai

Komme gerade von der Gemeinschaftsstunde. War ziemlich ätzend. Herr Bartens sollte die Predigt über den Predigttext vom „Barmherzigen Samariter“ (Lukas 10) halten. Aber im Grunde hat er die ganze Zeit nur darüber gepredigt, wie toll seine vier Söhne Matthäus, Markus, Lukas und Johannes doch sind, dass sie überall mit anfassen, dass sie alten Leuten helfen, dass sie „geistlich schon unglaublich reif sind“, dass nie ein böses Wort über ihre Lippen kommt und sie selbstverständlich, wie der barmherzige Samariter, jedem helfen, der in Not ist, so wie sie es von ihm gelernt hätten. In solchen Momenten ertappe ich mich bei dem Wunsch, die Bartens-Kinder würden mal was ganz Schreckliches anstellen, wie ein Haus anzünden (am besten eine Kirche), ihren Lehrer krankenhausreif schlagen oder eine wehrlose Oma überfallen, weil ich mir bei solchen Lobeshymnen immer wie ein großer Heide vorkomme. Nach solchen Gedanken komme ich mir allerdings wie ein noch größerer Heide vor ...

Zum Schluss meinte Herr Bartens, seine Frau habe der Gemeinde noch eine „großartige Mitteilung“ zu machen. Hoffte im Stillen, sie würde sagen, dass sie ein Haus in der Toskana (oder besser noch in Sibirien) geerbt hätten und nun dort hinziehen wollten. Frau Bartens ging mit einem geradezu überirdischen Strahlen nach vorn und erzählte dann (in einem Ton, als sei es eine direkte Offenbarung Gottes an die Gemeinde): „Der Herr hat uns die Gnade erwiesen, dass ich noch einmal einem Kind das Leben schenken darf. Wir wissen sogar schon, dass es ein Mädchen wird. Nur einen Namen haben wir noch nicht gefunden. Einen Jungen hätten wir Paulus genannt, damit er immer, wenn er seinen Namen hört, das große und leuchtende Vorbild des Glaubens aus der Bibel vor Augen gehabt hätte. Aber wie gesagt, es ist ein Mädchen! Wir nehmen deshalb dankbar gute Vorschläge für einen passenden Namen entgegen ..." Spürte plötzlich einen dicken Kloß im Hals bei der Vorstellung, sie könnten ihr Kind als Abwandlung von Paulus PAULA nennen! Ein Kind der Bartens-Familie, das meinen Namen trägt!!! Schon bei diesem Gedanken dreht sich mir der Magen um. Muss das unbedingt verhindern! Hoffentlich fällt mir ein guter Name und dazu eine passende biblische Begründung ein!

Montag, 8. Mai

Habe die halbe Nacht überlegt, welchen Namen ich den Bartens für ihren Nachwuchs vorschlagen sollte. Aus irgendeinem Grund fielen mir nur Namen wie Rahab, Delila oder Eva ein, zumindest bei den biblischen. Also alles Frauen, die irgendwie schon mal großen Mist gebaut haben. Schätze mal, so was kommt für die Bartens nicht in Frage ... Mir muss aber unbedingt noch ein guter Name einfallen! Paula Bartens – ich darf gar nicht dran denken!

Dienstag, 9. Mai

Haben heute Morgen eine Deutscharbeit geschrieben. Das Thema hieß: „Kontra- und Pro-Thesen: Ist ein Schulgarten sinnvoll?" War irgendwie etwas verwirrt. Dachte immer, Prothesen seien diese Zahnersatzteile, die meine Oma hat, oder Holzbeine oder so was. Glaube, ich habe ziemlichen Schwachsinn geschrieben. (Zum Beispiel, dass man sich mit einer Beinprothese in einem Schulgarten sicher schlecht bewegen könnte ...) Na ja, Deutsch war noch nie so meine Stärke. (Kein Wunder, wenn man einen Lehrer wie Ebalt hat, der einen für geistig vollkommen unterbelichtet zu halten scheint.

Ich meine, der ist sowieso immer schon von vornherein gegen mich.)

Nachmittags rief Frau Henkel an, eine von den Frauen aus Mamas Hauskreis. Sie fragte, ob ich nicht abends mal zwei Stunden auf ihre kleine Tochter (vier Jahre) aufpassen könnte, weil sie einen wichtigen Termin habe. Eigentlich hatte ich mir ja vorgenommen, nie wieder einen Babysitterjob anzunehmen, nachdem ich vor einiger Zeit an einem 5-jährigen Ungeheuer namens Justus völlig gescheitert war; aber dann ließ ich mich doch überreden. Denn erstens ist die kleine Esther ein Mädchen und daher wahrscheinlich sowieso viel unkomplizierter. Und zweitens versprach mir Frau Henkel noch zwanzig Mark fürs Aufpassen, was ich in meiner momentanen finanziellen Lage echt gebrauchen kann. Frau Henkel sagte mir noch, dass vor einer Woche Esthers Oma gestorben sei, was die Kleine sehr mitgenommen hätte, und ich solle sie ja nicht daraufhin ansprechen, damit das Kind dieses furchtbare Ereignis endlich hinter sich lassen könne. Außerdem sei das Thema Tod für ein Kind in diesem Alter noch eine totale Überforderung. Versprach ihr, sie könne sicher sein, dass Esther den ganzen Nachmittag auch nicht einen einzigen Gedanken an Sterben oder Tote verschwenden würde, solange ich auf sie aufpasse.

Ging um fünf Uhr zu Henkels, wo mich die Kleine gleich ganz fröhlich begrüßte. Frau Henkel verabschiedete sich, und Esther setzte sich an den Küchentisch und malte. Fragte dummerweise: „Was malst du denn da Schönes?" Sie: „Das ist meine Oma, wie sie gerade stirbt!" Sagte hastig: „Willst du nicht was anderes malen? Also zum Beispiel ... ähm ... mal doch mal einen Hasen!" Daraufhin malte sie einen Hasen, der gerade von einem Jäger erschossen wird. Versuchte, sie auf andere Gedanken zu bringen und fragte: „Willst du dir vielleicht einen Videofilm ansehen? Deine Mutter meinte vorhin, ihr habt eine ganze Menge!" Esther rief begeistert: „Au ja! ‚In einem Land vor unserer Zeit!' Da, wo von Little Foot die Mutter stirbt!" Meinte: „Hm ... ich glaube, wir sollten doch was anderes machen. Wollen wir zum Spielplatz gehen?" Esther war sofort dafür.

Leider mussten wir auch am Dorffriedhof vorbeigehen, wo gerade ein Grab ausgehoben worden war. Esther zeigte auf das Loch und fragte mich: „Schmeißen wir da Oma rein?" Sagte dämlicherweise schnell „Ja" und zog sie weiter. Sie grinste und meinte: „Weißt du was? Dann buddele ich sie einfach wieder aus! Und dann bete ich zu Jesus, und dann ist Oma wieder lebendig! Das geht! Das hat Tante Erika nämlich im Kindergottesdienst erzählt! Das hat der Paulus auch gemacht!" Kam mir ziemlich hilflos vor. Warum muss man Kindern im Kindergottesdienst nur solche Geschichten erzählen?? Ich meine, natürlich sind sie wahr, aber trotzdem ...! Murmelte schnell: „Ja, sicher ..., aber nun komm, wir wollen doch zum Spielplatz!" Konnte sie schließlich dazu bringen, eine halbe Stunde auf dem Spielplatz zu spielen, ohne über Tote und Sterben zu reden. Dachte, dass ich die Sache eigentlich doch noch ganz gut abgefangen hatte. Wurde aber eines Besseren belehrt, als Frau Henkel wieder nach Hause kam und Esther ihr strahlend erklärte: „Mami, Paula hat gesagt, dass sie Oma in das Loch auf dem Friedhof schmeißen und dass ich sie wieder ausbuddeln soll! Und wenn ich dann zu Jesus bete, wird Oma wieder lebendig!" Frau Henkel sah mich völlig entgeistert an, während ich versuchte, die Sache zu erklären. Schätze, ich habe dabei wenig überzeugend gewirkt. Jedenfalls gab mir Frau Henkel zähneknirschend die zwanzig Mark und presste hervor: „Auf Wiedersehen, Paula! Und vielen Dank, du warst mir wirklich eine große Hilfe!" Hatte das unbestimmte

Gefühl, dass sie das nicht wirklich ehrlich meinte. *Ich werde nie wieder babysitten! Nie wieder!!!*

Mittwoch, 10. Mai

Mist, mir ist immer noch kein Name für das Bartens-Gör eingefallen ...

Abends zum Gitarrenunterricht. Quentin wurde mal wieder von Yasmin hingebracht und abgeholt. Netterweise boten sie mir an, mich auf dem Rückweg nach Hause zu bringen, weil sie sowieso in die Richtung wollten, in der ich wohne. Habe unterwegs noch einiges herausgefunden, was die beiden elementar unterscheidet: Yasmin ist Linkshänderin und Quentin Rechtshänder (wie ich!). Außerdem mag sie das blöde Lied von Grönemeyer „Ich lieb dich nicht, du liebst mich nicht, aha!", und Quentin mag es nicht so gern (ich auch nicht!!). Ehrlich, ich werde mir immer sicherer, dass Quentin mit Yasmin auf keinen Fall glücklich werden kann, wenn sie in ihrer Art und in ihren Ansichten so unterschiedlich sind. Erst neulich habe ich in einem christlichen Buch („Wie finde ich den Richtigen? Christliche Partnersuche") gelesen, dass es oft schwerwiegende Probleme geben kann, wenn man sich in Herkunft, Interessen und Ansichten massiv unterscheidet!! Vielleicht sollte ich mit Quentin mal darüber sprechen!? Ich kann ihn doch nicht in sein Unglück laufen lassen, schon wegen der christlichen Nächstenliebe nicht. Außerdem steht irgendwo in der Bibel auch, dass man sich gerade auch um „Glaubensgeschwister" kümmern soll. Ja, ich sollte auf jeden Fall mal mit ihm reden. Das bin ich ihm schuldig als gute Christin. Muss nur noch den richtigen Augenblick abpassen.

Donnerstag, 11. Mai

Komme gerade von der Chorprobe. Heute war zum ersten Mal Daniela da, ein Mädchen aus unserem Jugendkreis. Sie will jetzt auch mitsingen. Die meisten Lieder kennt sie sowieso schon. Sie hat eine superschöne Stimme!! Ehrlich, wenn sie singt, glaubt man, ein himmlisches Wesen aus einer anderen Welt würde singen! Finde es echt toll, dass sie nun mitsingt, dann bin ich nicht mehr die einzige 15-Jährige. Außerdem ist Daniela echt nett. (Alle anderen waren auch gleich ganz begeistert von ihr. Ein bisschen übertrieben, fand ich.) Besonders Frau Beckmann war total hin und weg. „Das ist ja so ein nettes Mädchen! Ein echter Gewinn für unseren Chor! Und sooo musikalisch!", säuselte sie hinterher, als Daniela schon gegangen war. Als ob *sie* das beurteilen könnte! Die kann doch ein Klavier nicht von einem Dudelsack unterscheiden, geschweige denn einen einzigen Ton richtig singen! Na ja, vielleicht kann Daniela sie ja zu der Erkenntnis bringen, dass sie für unseren Chor auch als „kritische Zuhörerin" (inzwischen singt sie ja wenigstens nicht mehr mit) völlig ungeeignet ist ...

Freitag, 12. Mai

Habe heute noch mal die Bibel durchgeblättert und nach einem passenden Mädchennamen für die Bartens gesucht. Irgendwie stehen da echt wenig Mädchennamen drin. Anscheinend haben die Frauen damals nur Jungs zur Welt gebracht (wenn man sich mal die Geschlechtsregister ansieht). Komisch ...

Samstag, 13. Mai

Mist, Mama hat heute beim Bettenbeziehen mein Tagebuch entdeckt. Sie behauptete zwar, sie „habe nichts richtig gelesen", aber sie grinste den ganzen Tag immer wieder so, als hätte sie doch das eine oder andere mal „kurz überflogen". Zu doof! Muss unbedingt einen guten Platz für mein Tagebuch finden! Aber wo? Es jedes Mal im Garten zu vergraben, ist zu aufwändig, fürchte ich. Hm ... vielleicht packe ich es einfach erst mal zwischen ein paar andere Bücher in meinem Regal, dann fällt es gar nicht auf.

Abends im Jugendkreis ging es um das Thema „Leben wie die ersten Christen". Unterhielten uns angeregt darüber, wie es wäre, wenn wir heute noch genauso leben würden wie damals die erste Gemeinde: den Besitz mit anderen teilen (also: Alles gehört allen), tägliche Zusammenkünfte aller Christen, gemeinsames Essen und so weiter. Also, ich fände das echt stark! Dann könnte ich immer an Nicos Computer spielen, und ich würde jeden Tag Quentin sehen (er ist ja auch Christ, auch wenn er leider zu einer anderen Gemeinde gehört)!! Dann wäre es auch nicht mehr so schlimm, dass Coffee nur noch mit Ottmar rumhängt (statt wie früher mit mir), denn dann könnte ich ja wenigstens bei den gemeinsamen Mahlzeiten mit ihr reden. Das wäre echt absolut megastark, wenn man heute noch so leben würde wie damals! Sagte Nico, wie toll ich das fände, wenn alles allen gehören würde und man sich jeden Tag mit allen anderen Christen treffen würde, aber er meinte, *so* toll wäre das vielleicht auch nicht. Typisch Nico, er ist eben ziemlich egoistisch. Bete, dass Gott ihm noch mehr einen „Geist christlicher Bruderliebe" schenken möge.

Haben abends nach dem Jugendkreis noch den Rest vom „Grand Prix Finale" (diesmal aus Stockholm) im Fernsehen gesehen. Mama war ganz happy, dass zwei Dänen gewonnen haben, von denen sie irgendwo gelesen hat, dass sie Christen seien. Paps war „ziemlich erschüttert" (wie er sagte), dass der deutsche Beitrag „Wadde hadde dudde da?" von Stefan Raab immerhin auf den 5. Platz gekommen ist. Er seufzte hinterher: „Wenn das so weitergeht, werden sich vielleicht sogar irgendwann christliche Sänger so eine komische Sprache aneignen. Dann heißen die Lieder ‚Wadde glaubbe dudde da?' oder ‚Wadde madde dudde midde Bibbel?' Wirklich deprimierend ..." Also, ich fände das eigentlich ganz witzig – würde bestimmt viele Teenies ansprechen, oder?

(später) Eben kam Nico in mein Zimmer und hat sich einfach meine Stereoanlage mitgenommen. Noch bevor ich was sagen konnte, meinte er ziemlich deprimiert: „Ach, übrigens, Tante Olga will für drei Wochen zu uns ziehen, weil ihre Wohnung generalrenoviert wird! Morgen Nachmittag kommt sie!" Bekam fast einen Herzinfarkt! Drei

Wochen mit Tante Olga, der einzigen Frau, die vermutlich sogar im Garten Eden noch einen Beschwerdekatalog aufstellen würde. Ihr ist einfach niemand christlich genug!!! Das ist mein Untergang! Kann nur hoffen, dass das einer von Nicos dämlichen Scherzen war! Fürchte aber, es war keiner.

Was fällt Nico eigentlich ein, sich einfach meine Stereoanlage auszuborgen?! Das ist *meine* Anlage, da hat er gefälligst seine Finger von zu lassen!!

Sonntag, 14. Mai

War den ganzen Morgen wie gerädert, weil ich nachts schreckliche Alpträume von Tante Olga hatte. Habe durch den ganzen „Tante-Olga-Trouble" total vergessen, dass heute Muttertag ist! Erst als Nico Mama mit einem großen Blumenstrauß überraschte, fiel es mir wieder ein. Nico sah mich grinsend an, und mich überkam plötzlich der Wunsch, sein Geschenk noch zu übertrumpfen. Gratulierte schnell und sagte, mein Geschenk bestünde darin, dass ich die nächsten drei Wochen den Abwasch und den Hausputz übernehmen würde! Ich Größenwahnsinnige, was habe ich da nur wieder gesagt?? Na ja, wenigstens war Mama schwer beeindruckt ...

Fragte Mama beim Mittagessen, wann Tante Olga denn ankäme. Sie sah mich erstaunt an und fragte: „Tante Olga? Wieso soll die denn kommen?" Nico grinste und meinte: „Ach, das war nur ein kleiner Scherz von mir. Wollte nur mal sehen, wie ernst Paula das mit ihren christlichen Ansichten meint. Von wegen, wie schön es wäre, wenn sich alle Christen jeden Tag treffen würden und alles allen gehören würde ..." Nico!! Warum hat Gott gerade mich mit einem großen Bruder gestraft?

21.00 Uhr. Daniela war heute auch in der Gemeinschaftsstunde und hat natürlich auch gleich alle Lieder vom Chor mitgesungen. Hinterher wurde sie gleich von allen umschwärmt und begrüßt, und Frau Beckmann erzählte jedem, wie schön Daniela doch singen könne: „Der ganze Chor könnte diese Stimme nicht aufwiegen! Ich bin sicher, Daniela hat noch eine große Gesangskarriere vor sich. Bestimmt wird sie schon bald Konzerte geben ..." Völlig übertrieben! Dani singt zwar ganz schön, aber *so* toll ist das nun auch wieder nicht ...

Prediger Klein hat uns noch mal daran erinnert, dass nächsten Sonntag das Gemeindefest stattfindet! Freue mich schon riesig drauf! Das wird immer total super. Der einzige Gottesdienst, bei dem immer das ganze Dorf in unsere Gemeinde kommt. (Klar, wenn's was umsonst zu essen gibt, sind sie da, aber sonst nicht ...!) Vom Chor aus haben wir ein ganz tolles neues Lied eingeübt, und ich darf zum ersten Mal zwei Solos singen!! Bin schon ziemlich aufgeregt deswegen! *Gott, lass' es gut werden!*

Familie Bartens war heute nicht da. Vermutlich sind sie krank. Hoffe, sie haben sich nicht schon für „Paula" entschieden ...

Montag, 15. Mai

Wollte nachmittags mal ein „seelsorgerliches Gespräch" mit Quentin führen. Leider war er nicht da, er war mit Yasmin weg. Es macht mich echt fertig, zu sehen, wie dieser nette Typ in sein Unglück rennt! Als ich es Nico erzählte, grinste der nur blöd und meinte: „Ach du armes Mädchen, du bist echt zu bewundern, wie sehr du dich immer um andere sorgst!" Blödmann!

Wollte zu Coffee, aber die war mit Ottmar weg. Typisch. Und wer geht mit mir weg? (Zum Beispiel könnte mich jemand mal zum Eisessen einladen, wo es schon dauernd so heiß ist ...!)

Dienstag, 16. Mai

Mir ist immer noch kein vernünftiger Name für die Bartens eingefallen. Dabei habe ich schon die halbe Bibel durchgeblättert! (Fast jedenfalls.) Aber Milka Bartens? Oder Dina Bartens? Oder Bathseba Bartens? Nee, das klingt alles doof! Glaube kaum, dass ich die Bartens davon überzeugen könnte ... (Obwohl: Matthäus Bartens klingt ja auch nicht viel besser ...) Aber bei dieser Hitze ist das ja auch kein Wunder, dass man nicht mehr klar denken kann! Seit Wochen ist es jeden Tag tierisch heiß! In den Nachrichten haben sie gesagt, dass dieses der heißeste Mai seit hundert Jahren wäre, und im Münsterland sollen es heute sogar schon über 30°C gewesen sein! Im Mai! Echt verrückt! Wie heiß wird dann erst der Sommer?

Abends schenkte mir Mama einfach so eine Eintrittskarte für ein Konzert mit meiner Lieblingsgruppe „Nimm2" (das sind zwei total witzige, coole Typen!), das am 19. Mai in Wolfsburg stattfindet (Nico fährt dann mit mir hin)! Fand ich ja echt stark! Freue mich schon riesig drauf! *Danke, Gott, dass ich so tolle Eltern habe!*

Mittwoch, 17. Mai

Habe versucht, Coffee zum „Nimm2"-Konzert einzuladen. Vielleicht hätten die das Einladungsplakat anders gestalten sollen. Da steht nämlich groß drauf „live und intim" und kleiner darunter „Hier sehen Sie alles! Erschütternde Szenen auf deutschen Bühnen!" Als ich Coffee dazu einladen wollte, sah sie mich entsetzt an und meinte: „Igitt! Da willst du hingehen?? Die machen da bestimmt live 'ne Sexorgie oder so! Oder so was in die Richtung!" Konnte sie leider nicht vom Gegenteil überzeugen. Echt schade!

Quentin wurde heute ausnahmsweise nach dem Gitarrenunterricht nicht von Yasmin abgeholt, sondern er war mit dem Fahrrad gekommen. Nutzte die Gelegenheit und fragte ihn vorsichtig: „Sag mal, findest du nicht auch, dass du und Yasmin ... also dass ihr ... irgendwie ziemlich verschieden seid?" Er: „Nein, überhaupt nicht, im Gegenteil! Wir spielen beide ein Instrument, sind beide Christen, kommen beide aus derselben Gegend und sind beide sportlich! Wir könnten gar nicht besser zusammenpassen!" Wie kann man nur so verblendet sein! Armer Quentin! Werde dafür beten, dass Gott ihm die Augen öffnet!

Donnerstag, 18. Mai

Sascha ist echt eine Nervensäge!! Wieso muss der ausgerechnet in meine Klasse gehen. Dauernd stellt er mir irgendwelche Fragen über den christlichen Glauben (obwohl er mir mal in einem Brief versprochen hat, mich mit so etwas in Ruhe zu lassen), zum Beispiel: „Kommt ein Kannibale in den Himmel, wenn er einen Missionar gegessen hat?" oder „Wärst du nicht der ideale Kandidat für die ‚Big Brother-Show' auf RTL 2? Ich meine, wenn Gott dich immer sieht, bist du es doch schon gewohnt, rund um die Uhr überwacht zu werden!" Hätte ich ihm bloß nie gesagt, dass ich Christ bin!!

21.00 Uhr. Komme gerade von der Chorprobe. Bin stinksauer!! Herr Schröder hat gesagt, dass Daniela beim Gemeindefest meine beiden Soli singen soll! Weil das angeblich besser klingt! Pah! So gut wie die singe ich allemal! So toll singt die nämlich gar nicht. Im Gegenteil, ich finde, ihre Stimme klingt viel zu hell, richtig unwirklich. Eigentlich passt sie gar nicht in unseren Chor! Und überhaupt, sie ist gerade erst neu dazugekommen, und ich singe schon seit fast zwei Jahren mit! Und jetzt darf die blöde Kuh meine Soli singen!! Wenn die alle so dämlich sind, singe ich vielleicht gar nicht mehr mit im Chor ...

Freitag, 19. Mai

Bekam heute einen sehr merkwürdigen Brief von einem „Life-of-the-People-Institut", so einem Meinungsforschungsinstitut, das einfach mal eine Umfrage macht, um neue Statistiken aufzustellen oder so. Da stand drin, dass ich einen Warengutschein im Wert von 3000 DM gewinnen könnte oder ein Auto, wenn ich den beiliegenden Fragebogen ausfüllen würde. Und dass ich ein „Überraschungsgeschenk" bekäme, wenn ich als eine der ersten fünfzig meinen Fragebogen hinschicken würde. War erst ziemlich begeistert und begann die Fragen zu beantworten (15 Seiten!!). Die wollten echt alles wissen!! Zum Beispiel:

- Wie oft haben Sie durchschnittlich im letzten Monat in der Nase gebohrt?
- Haben Sie Interesse an einem Exclusivrezept für ein perfektes Nasi Goreng?
- Wie ist Ihre Einstellung gegenüber Filmen mit Judith Light? (Wer ist das überhaupt?)
- Wie lautet Ihre Kontonummer?
- Wann machen Sie Urlaub?
- Gibt es Zeiten, in denen Ihr Haus / Ihre Wohnung völlig unbewacht ist? Wenn ja, wann?

- Gibt es schon irgendwelche Alarmanlagen o. ä. in Ihrem Haushalt, oder haben Sie vor, welche in nächster Zeit zu installieren?
- Wie viel verdienen Sie?
- Haben Sie irgendwelche Wertsachen im Haus? Wenn ja, welche und wo liegen Sie?
- Haben Sie neugierige Nachbarn? Oder schwerhörige?

Na ja, und so weiter. Zeigte Mama den Zettel, die meinte, das sei irgendeine krumme Sache und ich solle den Wisch bloß wegwerfen. Paps und Nico sagten das Gleiche. Warf den Brief schließlich schweren Herzens in den Papierkorb. Finde, dass die echt alle übertreiben mit ihrem Misstrauen. Hätte echt gerne gewusst, ob ich diese Überraschung bekommen hätte. (Nico meinte, er sei sich sogar sicher, dass die mir „baldmöglichst eine echte Überraschung geliefert hätten". Verstehe nicht ganz, warum er dann dagegen war, dass ich den Fragebogen ausgefüllt abschicke ...)

Abends zum „Nimm2"-Konzert nach Wolfsburg! War total genial! Diese beiden christlichen Comiker sind absolut erste Sahne. Echt schade, dass Coffee nicht mitkommen wollte! Das war soooooo super!! (Am meisten gefiel mir die Vorstellung, wie Tante Olga auf solche Auftritte reagieren würde – vermutlich würde sie von einer Ohnmacht in die andere fallen oder Schreikrämpfe kriegen ...

Sorry, Gott, das war nicht sehr christlich von mir. Aber danke, dass es auch so witzige Christen wie die beiden Typen von „Nimm2" gibt!

Samstag, 20. Mai

Mir ist vorher noch nie aufgefallen, wie Daniela sich ständig und überall in den Mittelpunkt stellen will. Und das auch noch mit unfairen Methoden! Haben heute im Jugendkreis ein Bibelquiz gemacht. Ich musste ausgerechnet gegen Daniela antreten. Sie wusste einfach alles. Ich leider fast gar nichts. Ich will ihr ja nichts unterstellen, aber ich könnte mir gut vorstellen, dass sie irgendwie gemogelt hat. Woher sollte sie sonst wissen, wie alt zum Beispiel Methuselach wurde? So was weiß doch kein Mensch! Außerdem hat sie Holger so blöd angelächelt, dass er ihr geholfen hat. Als er sie nämlich fragte: „Aus welcher Stadt stammte Abraham ursprünglich?", da hat er das „ur-" von „ursprünglich" so stark betont, dass sie die Antwort natürlich gleich wusste und sofort rief: „Aus Ur!" Fand ich echt fies. Dieser Erfolg hat sie dann so angespornt, dass sie all die anderen Fragen auch noch richtig geraten hat. Im Grunde hat sie nur gewonnen, weil Holger ihr geholfen hat! Und die anderen haben dann so getan, als wäre sie wer weiß wie schlau. Jürgen rief sogar: „Mensch, Dani, du bist ja ein wandelndes Bibellexikon!" Pah! Ich wette, es gibt viele Sachen in der Bibel, die Dani auch nicht wüsste.

Sprach nachher mit Coffee und Ottmar darüber, wie unfair Holger war, ihr zu helfen und mir nicht. Coffee lachte nur und sagte, ich könne wohl nicht verlieren. So ein Quatsch! Ich finde es bloß nicht fair, wenn der einen geholfen wird und der anderen nicht!

Sonntag, 21. Mai

Heute war endlich das Gemeindefest, auf das ich mich schon seit Monaten gefreut habe. Der Gottesdienst war echt klasse. Das Meiste zumindest. Nur unser Chorlied fand ich nicht so toll. Daniela hat die zwei Soli so ... so emotional gesungen, das wirkte richtig showmäßig! Widerlich! Aber Herr Schröder hat es ja nicht anders gewollt.

Hinterher kamen alle möglichen Leute auf Daniela zu und sagten ihr, wie „beeindruckend und wunderschön" doch ihr Sologesang wäre und dass sie „ein echter Gewinn" für jeden Chor sein müsste. Daniela tat so, als sei sie bescheiden und wehrte ab: „Ach was, so toll war das auch nicht ..." Natürlich nur, damit die Leute sie nur noch mehr lobten! Ich kenne Typen wie Daniela, die können nie genug kriegen!

Die Spiele hinterher auf der Gemeindewiese waren einfach super! Hätte echt ein toller Tag werden können, wenn Daniela nicht ständig versucht hätte, mir alles zu vermiesen! Sie war überall besser als ich: beim Dosenwerfen, beim Drahtschlaufe-Spiel, beim Quiz und sogar beim Malwettbewerb!! Dabei waren meine Bilder viel besser. Aber die blöde Rittmann, die diesen Spielstand betreute, war ganz hin und weg von Danis Bildern („Du bist ja eine richtige Künstlerin!"). Na ja, Frau Rittmann hat halt keine Ahnung von Kunst!

Der Hammer war allerdings, als Frau Heisel Dani fragte, ob sie ihr nicht bei der Wichtel-Jungschar (für Kinder von 3-6 Jahren) helfen wolle, weil sie gehört hätte, dass sie so toll Gitarre spielen könne und gut mit Kindern zurechtkäme! Dani sagte sofort zu (wie zu erwarten). Ist Frau Heisel eigentlich noch nie aufgefallen, dass ich auch Gitarre spiele?? Ich meine, wo ich doch schon zweimal ein Lied vom Chor mit meiner Gitarre begleitet habe! (Gut, zugegeben, ich habe mich da ein paarmal verspielt, aber das kann ja jedem mal passieren.). War stinksauer!! Aber so einfach wollte ich Dani das Feld auch nicht überlassen, nur damit sie dann überall noch mehr angeben kann. Bot mich deshalb ebenfalls als Mitarbeiterin an. Frau Heisel schien irgendwie überrascht zu sein, als ich sagte: „Ich kann auch super mit Kindern umgehen! Deshalb werde ich auch immer wieder gebeten, auf Kinder aufzupassen! Erst neulich habe ich auf ein kleines Mädchen aufgepasst! Die Mutter war ganz begeistert und hat mir hinterher ausdrücklich ‚für meine große Hilfe' gedankt!" (War froh, dass sie nicht nachhakte, wer dieses Kind war. Vielleicht hätte sie bei Frau Henkel noch mal nachgefragt ...) Jedenfalls soll ich jetzt auch mitmachen! Jeden Dienstag Nachmittag um 16.00 Uhr. Freue mich schon drauf! Was Dani kann, kann ich allemal!

Montag, 22. Mai

Habe heute den Deutschaufsatz über die Kontra- und Pro-Thesen wiederbekommen.

Der blöde Ebalt hat doof gegrinst, als er mir mein Heft zurückgab, und er meinte: „Wirklich, Paula, du hast ein großes komödiantisches Talent. Du solltest es bloß nicht immer an der falschen Stelle einsetzen!" Verstand nur Bahnhof, fragte aber lieber nicht nach. Im Aufsatz habe ich 'ne 5-. Na ja, es gibt Wichtigeres im Leben, und Eltern müssen ja nicht alles wissen ...

Dienstag, 23. Mai

Die Wichtel-Jungschar war echt klasse. Zehn Kids, total süß! Nur Dani hat sich völlig danebenbenommen. Sie hat gleich alle Kinder begrüßt und mit denen erzählt, als würde sie die schon ewig kennen! So was Aufdringliches! Die Kinder hingen dann dauernd bei ihr rum, und Frau Heisel sagte sogar einmal: „Nun beruhigt euch mal wieder! Die Dani kommt ja jetzt immer!" Ich wette, sie war stinksauer auf Dani! Frau Heisel kann übrigens gut Geschichten erzählen. Scheint aber auch nicht so schwer zu sein bei so lieben Kids. Sie erzählte die Geschichte von der „Speisung der 5000" aus der Sicht eines Zuhörers. Sehr interessant. Bot mich an, dass ich nächstes Mal die Geschichte erzähle. Frau Heisel fragte ganz erstaunt: „Traust du dir das wirklich zu?

Ich meine, hast du so etwas schon mal gemacht?" Sagte: „Klar, schon oft! Ich kann das echt gut!" (Na ja, eigentlich habe ich erst zweimal jemandem eine Gute-Nacht-Geschichte erzählt: Einmal meinem Cousin Michael, der gar nicht zuhörte, und einmal einem Mädchen, das nach dem zweiten Satz einschlief. Es war allerdings auch schon sehr müde gewesen ...) Frau Heisel war ganz begeistert von meinem Vorschlag!! Soll die Geschichte von der Hochzeit zu Kana erzählen (da, wo Jesus Wasser in Wein verwandelt hat). Freue mich schon richtig auf nächste Woche! Dann wird Dani mal sehen, dass ich mindestens genauso gut mit Kids umgehen kann wie sie.

Mittwoch, 24. Mai

Peinlicher Vorfall in Deutsch. Herr Ebalt meinte plötzlich zu mir: „Paula, was denkst du darüber?" Hatte gerade nicht aufgepasst, sondern mir überlegt, ob ich nächste Woche meine Geschichte in der Wichtel-Jungschar aus der Sicht einer Wüstenspringmaus erzählen sollte. Wusste nun beim besten Willen nicht, worum es ging. Sah hilfesuchend zu Coffee, die mit ihren Lippen Worte formte, die ich als „Ebalt ist schwul!" interpretierte. War ziemlich geschockt und sah Herrn Ebalt ganz verunsichert an. Er grinste: „Was ist? Warst du mit deinen Gedanken mal wieder woanders?" Schüttelte den Kopf. „Also, was denkst du darüber?", bohrte er weiter. Wusste zunächst nicht, was ich sagen sollte. Konnte ihm ja schlecht sagen, dass ich das als Christ nicht gerade toll finden kann, oder? Sagte schließlich: „Also ... äh ... ich bin ziemlich äh ... überrascht ... das hätte ich nie gedacht ... aber ich weiß nicht, ob man ... also, müssen wir wirklich in der Schule darüber reden?" Er sah mich erstaunt an und meinte: „Natürlich! Gerade in der Schule muss man über solche Dinge reden! Denn hier entstehen ja solche furchtbaren Verhaltensweisen! Ich selbst leide sehr darunter, dass ich so wenig dagegen machen kann. Ich wünschte, ich könnte wirklich etwas dagegen tun! Aber das geht nur, wenn ihr alle mithelft!" Dummerweise rutschte mir da raus: „Wie sollen wir Ihnen denn helfen, von Ihrer ... von Ihrer Homosexualität loszukommen?" Die Klasse brach in schallendes Gelächter aus, Coffee schlug sich mit der Hand gegen die Stirn, und Ebalt sah mich völlig entgeistert an und fragte: „Von meiner was??? Wir reden hier über Gewalt in der Schule, falls du das noch nicht mitgekriegt hast! Abgesehen davon: Wie kommst du darauf, dass ich ... homosexuell veranlagt bin?" Murmelte zerknirscht: „Ich weiß nicht ... hab' ich mal gehört ..." Ebalt (echt sauer): „Du solltest dir mal die Ohren waschen, dann wüsstest du auch immer, worum es geht! (Laut zur ganzen Klasse, als wollte er jeden Zweifel ausräumen) Ich bin übrigens glücklich verheiratet! Seit 15 Jahren!" Zog es vor, den Rest der Stunde zu schweigen. Coffee, diese dumme Trine! Hätte die nicht etwas deutlicher (lautlos) sprechen können?

Donnerstag, 25. Mai

Hab' mir noch einmal überlegt, ob ich die Geschichte von der „Hochzeit zu Kana" nicht aus der Sicht des Dieners erzählen sollte. Aber vielleicht ist das mit der Wüstenspringmaus doch origineller ... Auf jeden Fall werde ich die Geschichte so toll erzählen, dass Dani blass wird vor Neid!!

Quentin war gestern Abend nicht zum Gitarrenunterricht. Schätze mal, Yasmin hat ihn davon abgehalten. Hab's ja immer gewusst, dass sie keinen guten Einfluss auf ihn hat.

War nachmittags bei Coffee (die ausnahmsweise mal nicht bei Ottmar war). Fragte sie, was Quentin an Yasmin mögen könnte, was ich nicht auch hätte. Sie meinte: „Du bist ihm wahrscheinlich einfach zu jung! Du hast doch gesagt, er ist 24! Das sind neun Jahre Altersunterschied!" Hm ...

War abends nicht zum Chor. Das hatte natürlich nichts mit Dani zu tun, sondern nur damit, dass ich einfach keine Lust hatte.

Freitag, 26. Mai

15.00 Uhr. Habe mir heute mal 'ne andere Frisur gemacht und meine langen Haare zu einem Dutt zusammengebunden. Finde, das macht mich mindestens drei Jahre älter. Eigentlich könnte man mich sogar schon für Anfang zwanzig halten. Hätte ich schon viel früher machen sollen!

Sascha, dieser Blödkopp, meinte gleich: „Mann, Paula, wie siehst du denn aus? Hast du eine Filmrolle für einen Shakespeare-Film angenommen?" Der will ja nur nicht zugeben, dass ich total gut aussehe mit dieser Frisur!

18.00 Uhr. Eben war Herr Schröder da. Seit kurzem ist er Rentner. Oder seine Firma ging pleite oder so. Jedenfalls braucht er jetzt nicht mehr zu arbeiten. Dachte erst: „Der hat's gut, der kann den ganzen Tag tun und lassen, was er will." Er erzählte Paps dann aber drei Stunden lang, dass man bloß nicht glauben solle, er habe als Rentner nichts mehr zu tun! Im Gegenteil, er hat von morgens bis abends jede Menge um die Ohren und kann sich vor Aufträgen kaum retten. Vor allem seine Frau würde seine Hilfe dringend brauchen, und er würde jetzt so viel mit im Haushalt helfen, und er habe wirklich keine freie Minute mehr. Fand es stark, dass er Paps trotzdem so lange besuchte. Herr Schröder erzählte auch noch vom Chor gestern Abend, dass Dani „ja so begabt" sei und dass sie nun auch schwierigere Gesangsstücke singen könnten. Ich glaube, ich sollte wirklich nicht mehr zum Chor gehen. Werde dort ja offenbar nicht mehr gebraucht.

Samstag, 27. Mai

Herr Schröder war heute schon wieder zwei Stunden lang da, um „mal kurz auf'n Sprung" bei Paps reinzuschauen und „ihm ganz schnell mal Hallo zu sagen". Er erklärte wieder einmal, wie schwierig es doch für ihn ist, all die vielen Aufgaben zu bewältigen, die jetzt auf ihn einstürzen. Er kann einem wirklich Leid tun.

Abends zum Jugendkreis. Ging um das Thema: „Warum wir wen wann um was beneiden und wieso". War sehr aufschlussreich. Zum Beispiel erklärte Jürgen (der heute die Bibelarbeit leitete), dass wir oft andere um Gaben beneiden und dabei ganz blind werden für all die Gaben, die Gott uns selbst geschenkt hat. Dachte, dass das genau das richtige Thema für Nico ist, wo er doch ab und zu sagt: „Der Karsten aus meiner Klasse, der hat's echt drauf in Mathe!" Wenn das kein Anzeichen von Neid ist! Hinterher kam Nico zu mir und grinste: „Na, das war doch genau das richtige Thema für dich, oder?" Fragte erstaunt: „Wieso?" Er: „Ich sag nur: Daniela!" Ich soll neidisch auf Dani sein? So ein Quatsch!! Im Gegenteil, ich gehe ja sogar extra aus dem Chor heraus, damit sie sich dort noch mehr entfalten kann! Ich und neidisch! Lächerlich!

Sonntag, 28. Mai

Komme gerade von der Gemeinschaftsstunde. Familie Bartens kostet mich noch Jahre meines Lebens! Heute gingen Herr und Frau Bartens nach den Abkündigungen nach vorne, und Frau Bartens sagte: „Liebe Geschwister! In den letzten zwei Wochen waren wir bei meiner Schwester in Bayern. Dort hat uns der Allmächtige die Gnade erwiesen, dass einer Schwester im Herrn dort der wunderbare Gedanke zuteil wurde, wie wir unsere Tochter, welche in ein paar Monaten das Licht der Welt erblicken wird, nennen sollten. Dieser Name ist auch der Name einer wahrhaft großartigen Person, die wir sehr bewundern. Da auch Sie uns ja immer wieder Vorschläge gemacht haben, was den Namen unseres Gottesgeschenkes betrifft, so möchten wir Ihnen nun auch diesen wunderbaren Namen mitteilen!" Bevor sie den Namen sagte, sprang Herr Klein auf und rief, spontan, wie er ist: „Wie wäre es, wenn wir ihn raten? Wir könnten ein Spiel daraus machen! Buchstabenraten!" Die Bartens sahen ihn zunächst entgeistert an („Ein Spiel im Gottesdienst? Entweiht das nicht den Gemeindesaal??"), lächelten dann aber christlich-milde („Er muss es ja wissen, schließlich ist er der Prediger!") und stimmten zu. Der erste Buchstabe, den wir rieten, war ein P. „Das ist der Anfangsbuchstabe!", erklärte Herr Bartens. Dann rieten wir ein A! Als dann auch noch ein U als richtig bestätigt wurde, wäre ich am liebsten explodiert. Das konnte doch nur der Name Paula werden! (Obwohl ich noch nie bemerkt hatte, dass mich die Bartens sehr bewundert hätten.) Doch zum Glück rief da Herr Bartens: „Das sind schon alle Buchstaben! Die Kleine heißt

Pua! Dieser wunderbare biblische Name erscheint uns genau der richtige zu sein!" Verblüffte Blicke allerseits. Wer um alles in der Welt war Pua?? Herr Klein, der unsere Gedanken zu erahnen schien, ging lächelnd zu den Bartens und sagte: „Das freut uns aber sehr, dass Sie diesen schönen Namen gefunden haben! Pua war ja auch wirklich eine bewundernswerte Frau, diese Hebamme, die gegen den Befehl des Pharao die neugeborenen männlichen Hebräerkinder am Leben ließ und dafür reich von Gott gesegnet wurde, wie man im 2. Mosebuch, Kapitel 1 nachlesen kann!" Aha, eine Hebamme war das. (Schätze, Daniela hätte das wieder sofort gewusst.)

Danke, Gott, dass das Kind nicht Paula heißt!!! Obwohl, irgendwie tut mir das Kind echt Leid: Pua Bartens - nicht gerade ein Knüller unter den Namen!

Montag, 29. Mai

Herr Schröder war schon wieder da, um zu erzählen, wie viel er jetzt zu tun habe. Er erklärte Paps lang und breit, wie Herr Klein (unser Prediger) ihn darum angebettelt habe, er möge eine neue Kanzel für den Gemeindesaal bauen, weil er handwerklich ja „sooo begabt" und die alte Kanzel schon völlig kaputt sei. Habe das Gespräch zufällig gestern Abend mitbekommen. Das lief etwa so:

Herr Schröder (guckt sich skeptisch die Kanzel an): Sagen Sie mal, Herr Klein, finden Sie nicht auch, dass die Kanzel hier schon sehr schlecht aussieht?

Herr Klein (erstaunt): Wie kommen Sie denn darauf?

Herr Schröder: Schauen Sie doch mal hier, diese langen Ritze im Holz! Das sieht doch grauenhaft aus!

Herr Klein (geht zum Pult, sieht auf „die langen Ritze"): Ach, meinen Sie diesen winzigen Kratzer da?

Herr Schröder: Winziger Kratzer? Ich muss mich doch sehr wundern, dass Sie so eine massive Einkerbung als „winzigen Kratzer" abtun! Ich finde, ein Möbelstück in einem Gotteshaus sollte nicht derart beschädigt sein!

Herr Klein (grinst): Und was sollte ich Ihrer Meinung nach dagegen tun? Etwa die Kanzel auswechseln?

Herr Schröder: Wo Sie es schon selbst ansprechen, genau daran habe ich auch gedacht!

Herr Klein: Aber Herr Schröder, ich bitte Sie ...! Wegen eines kleinen Kratz ... wegen einer kleinen Ritze! Das ist doch ...

Herr Schröder (unterbricht ihn): Tja, Herr Klein, ich habe zwar nicht viel Zeit – auch wenn manche Leute glauben, Rentner würden nur faulenzen, so ist das aber nicht – aber wo Sie mich jetzt schon darum bitten, da würde ich mich sogar bereit erklären, eine neue Kanzel zu bauen. Aus Liebe zur Gemeinde. Obwohl ich wirklich viel zu tun habe!

Herr Klein: Aber Herr Schröder, ich glaube wirklich nicht, dass das nötig ist ... Wir haben auch gar kein Geld für eine neue Kanzel!

Herr Schröder: Ich weiß Ihre Bescheidenheit zu schätzen, und ich kenne auch die finanzielle Situation unserer Gemeinde – deshalb würde ich mich bereit erklären, die Kanzel auf eigene Kosten zu bauen! (Er strahlt großmütig und ist sich seiner Heldentat voll bewusst, als hätte er vor, die Welt vor einem Atomkrieg zu retten.)

Herr Klein (nach guten Argumenten suchend): Aber ... können Sie denn überhaupt eine Kanzel bauen? Ich stelle mir das sehr schwierig vor!

Herr Schröder: Ach, wissen Sie, Herr Klein, ich bin handwerklich wirklich sehr begabt! Ich habe meiner Frau schon mal einen Hocker gebaut! Und einen Kaninchenstall!

Herr Klein: Ich weiß wirklich nicht, ob wir ...

Herr Schröder (unterbricht ihn, großmütig lächelnd): Ich weiß, was Sie sagen wollen. Sie wissen nicht, ob Sie das annehmen können. Doch, Sie dürfen es annehmen! Sie brauchen mich nicht weiter zu bitten! Ich werde mich gleich morgen früh daranmachen! (Geht überglücklich davon)

Herr Klein (ruft hinterher, wenig glücklich): Ja, danke ...

Dienstag, 30. Mai

Komme gerade von der Wichtel-Jungschar. Hatte völlig vergessen, dass ich ja die Geschichte erzählen wollte!! Als Frau Heisel dann meinte: „Nun seid mal alle leise, die Paula will uns nämlich eine ganz tolle Geschichte erzählen!", da fiel es mir wie Schuppen von den Augen. Doch das Einzige, was mir noch einfiel, war das Wort „Wüstenspringmaus". Meinte deshalb: „Ja, also ... es geht heute um eine Wüstenspringmaus ..." Frau Heisel sah mich verwundert an, ließ mich aber blöderweise weitermachen. Sagte darum: „Und diese Wüstenspringmaus ... die hieß Willi ... äh ... (So ein Mist, welche Geschichte war das doch gleich, die ich erzählen sollte??) ...

vielleicht hieß sie auch Simon ... oder Oscar ... also, diese Wüstenspringmaus lebte in ... äh ... also, Oscar oder Willi oder auch Simon, der lebte in ..." Da unterbrach mich Dani: „In Kana, stimmt's?" Kana!! Jetzt kam es mir wieder, natürlich, die „Hochzeit zu Kana" war meine Geschichte. In diesem Moment hätte ich Dani glatt umarmen können. Meinte erleichtert: „Kana, genau! Kana war ein Ort, wo jeder jeden kannte. Glaub ich zumindest. Eines Tages gab es da jedenfalls ein ganz großes Fest, eine Hochzeit ..." Erzählte den Rest der Geschichte dann noch einigermaßen gut, glaube ich. Nur der kleine Marvin fragte zum Schluss: „Und was war mit der Wüstenspringmaus?" Sagte schnell: „Die hat bestimmt den Rest vom Wein getrunken und starb dann an einer Alkoholvergiftung!" Dani prustete los, die Kids sahen mich entsetzt an, und Frau Heisel wünschte sich ganz offensichtlich spätestens jetzt, sie hätte die Geschichte selbst erzählt. Zum Glück sprach sie dann noch ein bisschen mit den Kids über die Geschichte und darüber, dass Jesus uns auch heute noch helfen will, wenn wir in Not sind.

Dankte Dani hinterher, dass sie mir aus der Patsche geholfen hatte, aber sie meinte nur: „War doch klar, wir sind ja ein Team! Du kannst übrigens echt gut erzählen! Mal abgesehen von der Wüstenspringmaus! Ich glaube, ich hätte das nicht mehr so gut auf die Reihe gekriegt!" Hm, vielleicht ist Dani doch nicht so blöd, wie ich dachte ...

Mittwoch, 31. Mai

Habe mir heute wieder einen Dutt gemacht, bevor ich zum Gitarrenunterricht ging. Quentin schien es erst gar nicht zu bemerken. Schließlich sagte ich nach dem Unterricht zu ihm: „Wie alt würdest du mich schätzen, wenn du nicht wüsstest, wie alt ich bin?" Er: „Ich weiß nicht, wie alt du bist!" Ich: „Umso besser – also, wie alt schätzt du mich?" Er: „Ich weiß nicht ... ist doch egal ..." Ich: „Nun sag schon!" Er: „Vierzehn?" Ich: „Das ist doch nicht dein Ernst, oder?" Er: „Ich weiß, ich bin schlecht im Schätzen, ich schätze immer viel zu alt bei so was!" War ziemlich deprimiert. Dachte aber nach einigem Grübeln, dass Quentin das bestimmt ironisch gemeint hatte. Kann doch gar nicht anders sein, oder?

22.00 Uhr. Komme gerade vom Kino. Habe mir mit Nico so eine Liebeskomödie angesehen. Die blöde Frau an der Kasse sah mich eingehend an und fragte dann allen Ernstes: „Wie alt bist du denn?" Sagte: „Wieso? Der Film ist doch ab zwölf!" Sie: „Deshalb frage ich ja!" Dumme Kuh! Warum lassen die solche offensichtlich vollkommen blinden und senilen Leute da arbeiten? In dieses Kino gehe ich nie wieder!

Samstag, 3. Juni

Wollte in den letzten beiden Tagen an meinem Tagebuch schreiben, konnte es aber nirgends finden. War ziemlich frustriert und sauer. Heute Morgen kam Nico dann mit meinem Tagebuch in der Hand in mein Zimmer, legte es auf mein Bett und meinte ganz lässig: „Hier! Habe ich mir mal ausgeliehen! Ist echt zum Schießen! Sollte man direkt veröffentlichen!" Ich schrie: „Nico, du Idiot! Wer hat dir erlaubt, an mein Tagebuch zu gehen?!?" Er: „Du! Du hast mal gesagt, ich könnte mir die Bücher auf deinem Regal ruhig ausleihen, und das Tagebuch stand dazwischen! Also reg dich nicht auf!" Eines Tages werde ich Nico ...! Den ganzen Tag grinste er mich immer wieder an, murmelte „Wüstenspringmaus" oder „Ebalt ist schwul" und kicherte dann albern vor sich hin. Bin immer mehr erstaunt darüber, dass in der Bibel noch nie jemand zur Strafe von Gott einen großen Bruder bekommen hat!

Im Fernsehen berichten sie jetzt dauernd

über die Weltausstellung „EXPO“, die vorgestern in Hannover eröffnet wurde! Da will ich auch unbedingt mal hin! Das Tolle ist, dass bei der Weltausstellung diesmal der „christliche Pavillon“ in Form eines riesigen Wales zum Wahrzeichen der EXPO gewählt wurde. Er braucht als einziger Pavillon nach der EXPO nicht wieder abgebaut werden (hat Paps mir erzählt). Echt stark! Warum das Ganze EXPO heißt, verstehe ich allerdings nicht. Coffee auch nicht. Sie meinte neulich, ihre Tante hätte sich mal das Hinterteil liften lassen und spreche seitdem auch immer von ihrem Ex-Po! Schätze aber mal, dass das mit der Weltausstellung nicht sehr viel zu tun hat. Na ja, auf jeden Fall will ich dort mal hin! (Wenn ich jemanden finde, der mir die Eintrittskarte bezahlt ...)

Sonntag, 4. Juni

Ein Bruder wie Nico ist das Beste, was einem passieren kann! Komme gerade von der Gemeinschaftsstunde. Eigentlich sollte heute Abend Herr Kamerau predigen. Doch da der seit zwei Wochen im Krankenhaus liegt (komplizierter Beckenbruch oder so), bot Herr Schröder an, jemanden zu besorgen. Und so kam heute Abend der Nachbar des

Schwagers seines Cousins (oder so ähnlich), ein gewisser Herr Mörtel als Vertretung für Herrn Kamerau. Er erinnerte mich stark an einen Inquisitor aus dem Mittelalter, so düster, wie er schaute. Kaum stand er an der Kanzel, wetterte er auch schon los: „Hier herrschen offenbar Sodom und Gomorra! (Verwunderte Blicke allerseits.) Nur zwei der hier anwesenden weiblichen Gemeindemitglieder tragen, wie in der Bibel vorgeschrieben, eine Kopfbedeckung! Viele von den jungen Mädchen hier haben nicht einmal lange Haare! Und dann die Kleidung! Frauen mit Hosen! Kaum eine Frau oder ein Mädchen hier ist keusch und züchtig angezogen. Sie wollen sich zu Männern machen und die weise Schöpfungsordnung verdrehen! Das ist Gotteslästerung, die nicht ungestraft bleiben wird! (Merkte, wie Mama mit ihren kurzen Haaren etwas unruhig zu werden schien.) Sodom und Gomorra, sage ich nur! Das Gericht wird über euch kommen, ihr jungen, gottlosen Leute! ..." Die eigentliche Predigt handelte dann über den Vers „Eine Frau, die betet oder weissagt mit unbedecktem Haupt, die schändet ihr Haupt; denn es ist ebenso viel, als wäre sie geschoren!" (1. Kor. 11, 5). Hätte nie gedacht, dass jemand noch extremer sein kann als unsere Tante Olga. Aber gegen diesen offenbar Frauen hassenden Glaubensfanatiker ist Tante Olga direkt eine gottlose Ketzerin! Herr Mörtel erklärte in allen nur denkbaren Variationen, dass die Frauen sich „keusch und züchtig" zu kleiden hätten und kurze Haare quasi eine Todsünde seien. Seiner Ansicht nach wäre die Tatsache, dass auch Frauen inzwischen immer öfter einen Kurzhaarschnitt trügen, ein eindeutiges Zeichen für die zunehmende Gottlosigkeit der Welt. Außerdem hätten Frauen ihren Männern in allen Dingen bedingungslos zu gehorchen (Epheser 5,24), in der Gemeinde grundsätzlich zu schweigen und überhaupt nur eine Aufgabe, nämlich Kinder in die Welt zu setzen. Kann mir nicht vorstellen, dass dieser Mörtel je verheiratet war oder jemals eine Freundin hatte! Und wenn doch, dann musste die Ärmste bestimmt immer, wenn er einen Wunsch äußerte, antworten: „Gewiss, mein Herr und Gebieter, wie du es willst, so soll es sein!" Nach der Predigt waren alle wie gelähmt, und keine Frau traute sich noch laut zu atmen, geschweige denn, aufzusehen. Selbst Herr Klein wirkte sehr verunsichert. Bei den Abkündigungen sagte er nicht wie sonst: „Wir danken Ihnen, Herr XY, für die gute Predigt, die uns sicher die Woche über begleiten wird und uns allen viel Mut und gute

Gedankenanstöße gegeben hat", sondern nur: „Danke, Herr Mörtel, für Ihre Predigt." Diesmal kündigte er nicht einmal das Treffen der Frauengruppe an. Nach dem Gottesdienst ging Nico auf Herrn Mörtel zu und drückte ihm die Hand mit den Worten: „Ich habe selten eine so bibeltreue Predigt gehört!" (Dachte erst, jetzt spinnt er komplett.) Herr Mörtel lächelte „christlich-erlöst" und sagte: „Danke, Bruder!" Dann nahm Nico den Kopf von Herrn Mörtel in die Hände und drückte ihm einen dikken Kuss auf! Herr Mörtel war völlig geschockt und stammelte entsetzt: „Was tust du denn da, Ruchloser?" Nico grinste: „Grüßt euch untereinander mit dem Kuss der Liebe! 1. Petrus 5, 14!" Dann ging Nico raus und ließ einen völlig verdatterten Herrn Mörtel zurück. Ich hätte Nico umarmen können!

Montag, 5. Juni

16.00 Uhr. Coffee kam eben ziemlich zerknirscht zu mir und erzählte mir dann, sie hätte gestern Abend Alex getroffen, einen ihrer vielen „Verflossenen". Die beiden hätten „eine Kleinigkeit" auf die gute alte Zeit getrunken und dann ... na ja, dann hätten sie total rumgeknutscht. Jetzt hat Coffee drei große Knutschflecken und weiß nicht, wie sie das Ottmar beibringen soll. Sie hat große Angst, dass Ottmar ihr sofort den Laufpass gibt, wenn er die Flecken (am Hals) sieht. Sagte zu ihr, dass ich es am besten fände, wenn sie ihm alles ehrlich erzählen würde.

20.30 Uhr. Eben rief Coffee noch mal an: Sie war bei Ottmar und wollte ihm das mit den Knutschflecken beichten. Das lief dann wohl ungefähr so:

Coffee: Otti, ich muss dir was sagen ...

Ottmar: Was denn, mein Herzelchen? (Wie kann man jemanden nur „Herzelchen" nennen?! Das klingt ja fast wie das blöde „Terzelchen", mit dem mich Sascha immer ärgert!)

Coffee (zeigt die Knutschflecken, die sie bis dahin unter einem Halstuch versteckt hat): Es geht um diese Flecken ... ich ... ja also ...

Ottmar (entsetzt): Wer hat dir das angetan? Oh, mein lieber Schatz, was musst du durchgemacht haben?! Dass dich jemand so brutal misshandelt hat!

Coffee (zerknirscht): Weißt du, das war so ... ich ... also, ich weiß nicht so recht, wie ich dir das sagen soll ...

Ottmar: Sag nichts! Ich ahne, wie schrecklich es für dich sein muss, die Qualen deines Peinigers noch einmal vor Augen zu holen. Oh Herzelchen, ich hätte besser auf dich aufpassen müssen! Ich habe so versagt!

Coffee (noch zerknirschter): Nein, Otti, es war so, dass ich ... also gestern traf ich jemanden in der Disco, den ich von früher kenne und ... na ja, wir haben so zusammen erzählt ... und da ist es halt passiert, dass ... äh ... also ... das sind keine Misshandlungen, das ist ... das sind ...

Ottmar: Das sind die Folgen eines Unfalls, den ihr hattet?

Coffee (gibt's auf): Na ja, so könnte man es nennen ...

Ottmar: Oh, Herzelchen, du tust mir so Leid! Tut es dir noch sehr weh?

Coffee: Nein, ich ... ach, lass' uns von was anderem reden!

Können Jungs wirklich so dermaßen blöd sein???

Dienstag, 6. Juni

Haben in Bio heute eine neue Lehrerin bekommen, weil Frau Huf in Mutterschaftsurlaub (oder wie man das nennt) geht. Ich habe noch nie jemanden erlebt, der so einschläfernd und langsam redet wie Frau Schnelleke (so heißt die Neue). Das geht etwa so (gaaanz langsam!!): „Wir ... äh ... wollen heute ... äh ... heute wollen wir ... uns ... äh ... mal mit ... äh ... dem Thema ... äh ... befassen, das ... äh ..." und so weiter. Gegen sie wirkt Rudolf Scharping (den sie in der „Wochenshow" auf Sat 1 immer so schön imitieren) direkt wie eine Quasselstrippe. Hatte große Mühe, nicht einzuschlafen. Auch die meisten anderen spielten Schiffeversenken oder Skat, schrieben Briefe oder machten Hausaufgaben (allerdings heimlich unterm Tisch, denn die Neue scheint tierisch ernst und streng zu sein! Erinnert mich an eine Gouvernante aus dem vorletzten Jahrhundert!). Dummerweise hatte ich meine Hausaufgaben schon alle in Deutsch bei Ebalt gemacht. Beschloss, die Zeit sinnvoll zu nutzen und Quentin einen Brief zu schreiben, in dem ich ihn einmal in aller Deutlichkeit vor den Gefahren warnen würde, die eine Partnerschaft von zwei so extrem unterschiedlichen Menschen wie Yasmin und ihm mit sich bringt. War gerade bei dem Satz: „Deshalb ist es wichtig aufzupassen, dass man ...", als Frau Schnelleke mich mit der Frage aufschreckte: „Paula (wir hatten Namensschilder vor uns aufgestellt), passt du ... äh ... nicht auf?" Sagte schnell: „Doch klar!" Sie: „Also, dann sage uns doch mal, wo sich das Zäpfchen befindet!" Zäpfchen? Was um alles in der Welt für ein Zäpfchen?? Dachte, dass sie wahrscheinlich gerade über die letzte Grippewelle spricht. Sagte deshalb: „Also, bevor ich es nehme, befindet sich das Zäpfchen in einer Pappschachtel und hinterher irgendwo im ... na ja, im Darm oder so ..." Sie (nicht gerade begeistert): „Paula, du ungehobelte, freche Göre! Wir ... äh ... sprechen gerade von den Bestandteilen des Auges! Also lass' deine Späße! Wo befindet sich also das Zäpfchen?" Sagte gedehnt: „Ach, dieses Zäpfchen meinen Sie! Das ... äh ... also, das befindet sich ... äh ..." Sie : „Sag nicht dauernd ‚äh'! Gib zu, du hast ... äh ... nicht aufgepasst!" Zum Glück läutete in diesem Moment die Glocke. Glück gehabt!

Wichtel-Jungschar war ganz gut. Frau Heisel hat hinterher gesagt, sie könne nächste Woche leider nicht mitmachen, da sie einen wichtigen Termin hätte, und ob wir wohl allein zurechtkämen. So eine dämliche Frage! Natürlich kommen wir allein klar! Sagte sofort: „Na logo! Das mit der Geschichte und so, das kriegen wir schon hin! Darauf meinte sie ganz schnell: „Die Geschichte kann ja zur Abwechslung mal Daniela erzählen!" Fürchte, das mit der besoffenen Wüstenspringmaus hat sie mir irgendwie übel genommen ...

Mittwoch, 7. Juni

Herr Schröder war heute schon wieder fast drei Stunden da, um Paps „mal eben kurz Hallo zu sagen". Er erzählte Paps ausgiebig, wie zeitaufwendig und anstrengend doch der Bau der Kanzel sei, aber er werde es bis Sonntag sicher schaffen, sie fertigzustellen. Paps solle aber noch nichts verraten, das solle nämlich eine große Überraschung für alle anderen werden. Paps gab - etwas genervt - sein Ehrenwort, dass er nichts verraten würde.

Kann mich nicht erinnern, dass Herr Schröder uns früher jemals so oft besucht hat wie in letzter Zeit. Genau genommen hat er uns früher eigentlich nie besucht. Erst seit er Rentner ist. Komisch, wo er doch so viel zu tun hat. Paps stöhnte, dass er (Paps) bald zu gar nichts mehr käme, wenn das so weiterginge.

Wollte abends Quentin meinen Brief beim Gitarrenunterricht zustecken. Aber er war schon wieder nicht da! Als ich nachfragte, warum er schon wieder fehlte, meinte unser Musiklehrer: „Quentin kommt gar nicht mehr. Er hat sich abgemeldet!" Ich: „Wieso?" Uwe: „Das musst du ihn schon selbst fragen. Aber es hängt wohl mit seiner Freundin zusammen!" War stinksauer auf Yasmin! So weit hat sie ihn also schon gebracht, dass er jetzt seine großen Talente verkommen lässt! Das ist der Anfang vom Ende, das spüre ich ganz deutlich!!

Donnerstag, 8. Juni

Hatten heute wieder Bio bei dieser einschläfernden Schnelleke. (Der Name Schneckele würde besser zu ihr passen!) Machte heute mal eine Strichliste darüber, wie oft sie „äh" sagt. Kam auf 118 Striche!! Nicht übel! Aber vielleicht ist noch eine Steigerung drin? Werde die Liste auf jeden Fall weiterführen. (Morgen haben wir sie in Vertretung für unseren Kunstlehrer.)

Freitag, 9. Juni

123 „ähs"! Macht echt Spaß, so was zu zählen!

Samstag, 10. Juni

15.00 Uhr. Eben rief Dani an: Sie kann am Dienstag bei der Wichtel-Jungschar nun auch nicht mitmachen, weil sie ausgerechnet da einen wichtigen Arzttermin bekommen hat, der sich nicht verschieben lässt. Sie meinte, ich solle deshalb lieber den Müttern Bescheid sagen, dass die Wichtel-

Jungschar ausfiele. So ein Quatsch! Mit den paar Kids werde ich doch spielend allein fertig! Ich freue mich schon richtig drauf! Endlich kann ich mal beweisen, zu was ich fähig bin!

Sonntag, 11. Juni

Komme gerade von der Gemeinschaftsstunde. Muss immer noch grinsen, wenn ich daran denke! Gleich nach den Abkündigungen rief Herr Schröder plötzlich laut dazwischen, er habe eine große Überraschung für die Gemeinde, und wir sollten mal kurz warten. Kaum war er hinausgegangen, da murmelten sich (fast) alle Leute zu: „Ich weiß schon, was jetzt kommt, aber ich musste ihm versprechen, nichts zu verraten!" Und danach: „Ach, Sie auch?" Dann kam Herr Schröder mit einem riesigen Monstrum wieder herein, das er unter mehreren Wolldecken versteckt hatte. Ich fragte mich gerade, ob sich Herr Schröder etwa spontan entschlossen hatte, statt der Kanzel lieber einen neuen Materialschrank für den Jugendraum oder so etwas zu zimmern, da erklärte er feierlich: „Unserem lieben Prediger ist vor kurzem aufgefallen, dass unsere Kanzel schon derart beschädigt und kaputt ist, dass wir unbedingt eine neue brauchen! Da ich ja handwerklich sehr geschickt bin, bat er mich deshalb flehentlich darum, eine neue Kanzel zu bauen! Obwohl ich wirklich sehr viel zu tun habe, habe ich mich schließlich überreden lassen! Herr Klein erwähnte zwar, dass so eine Kanzel ja nicht gerade billig sei, aber ich habe beschlossen, sie der Gemeinde zu schenken!" Er machte eine Pause und wartete offenbar auf dankbaren Applaus. Paps klatschte zuerst, und die anderen stimmten mit ein (bis auf Familie Bartens natürlich, denn Klatschen gehört sich ja nicht in einem Gottesdienst). „Ja, eigentlich müsste es jetzt einen Trommelwirbel geben", fuhr Herr Schröder fort, „aber wir haben ja leider keine Trommel ... Also muss es so gehen!" Er zog die Decke weg wie ein Zauberkünstler, der das Ergebnis eines Tricks präsentieren will. Was da zum Vorschein kam, war allerdings weniger zauberhaft. Hätte ich nicht gewusst, was dieses Gebilde darstellen sollte, hätte ich diese zusammengehauenen Bretter für ein neues Stück unseres Kunstmuseums gehalten, Abteilung „Moderne Kunst" (da, wo ich mich nicht traue, etwas in einen Papierkorb zu werfen, weil ich nie weiß, ob der Papierkorb nicht eins der Kunstobjekte ist). Zu allem Überfluss hatte Herr Schröder seine „Kanzel" auch noch grün und türkis angemalt! Habe selten etwas Scheußlicheres gesehen. Es herrschte bleierne Stille. Nur Frau Krein, die etwas schwerhörig ist und das von der Kanzel nicht mitbekommen hatte, fragte ihre Nachbarin erstaunt: „Was will der denn mit seiner Hundehütte hier?" Schließlich sagte Herr Klein, nachdem er wohl den ersten Schock verdaut hatte: „Ja, dann wollen wir die Kanzel mal aufstellen!" Ein paar Männer gingen nach vorn, trugen die alte Kanzel in den Nebenraum und setzten die neue an die Stelle der alten. Herr Schröder setzte sich auf seinen Platz und strahlte, dass ihm der Stolz aus allen Knopflöchern spritzte. Herr Klein bedankte sich noch für die große Mühe, die Herr Schröder sich gemacht hatte. Aber immerhin war er so ehrlich, nicht zu sagen, dass die Kanzel „ja wirklich wunderschön" geworden sei.

Ich schätze, von der Predigt hat heute kaum jemand etwas mitbekommen. Alle starrten wie gebannt auf die neue Kanzel und schienen darauf zu warten, dass sie zusammenbrach. Ab und zu knackte es auch tatsächlich verdächtig, aber leider hielt der Bretterkasten dem Gewicht von Herrn Kleins Predigtkonzept stand.

Hinterher fragte Herr Schröder fast alle: „Finden Sie nicht auch, dass so eine schöne bunte Kanzel gleich viel mehr Leben in die Gemeinde bringt? Ich könnte mir sogar vorstellen, dass wir dank meiner Kanzel nun auch den einen oder anderen Außenstehenden dazu bewegen können, in unsere Gottesdienste zu kommen! Denken Sie nicht auch?"

Stelle immer wieder fest, dass fast alle in unserer Gemeinde ziemlich große Heuchler sind! Jedenfalls hat bestimmt kaum einer Herrn Schröder gesagt, was er wirklich über die neue Kanzel gedacht hat. Nicht gerade christlich, wirklich! Bin allerdings froh, dass Herr Schröder mich nicht gefragt hat ...

Montag, 12. Juni

Habe heute intensiv die Geschichte für die Wichtel-Jungschar morgen vorbereitet. Es geht um den „Barmherzigen Samariter". Habe beschlossen, die Geschichte anschließend mit den Kindern zu spielen, um sie noch zu vertiefen, sozusagen. Tolle Idee von mir, finde ich. (Na ja, eigentlich stand das in einem Vorbereitungsbuch für Jungscharleiter ...) Das wird bestimmt die beste Jungscharstunde, die die Kleinen je erlebt haben!

Dienstag, 13. Juni

Heute wurde mir eines klar: Ich will nie Kinder haben!! Zumindest nicht solche wie die aus der Wichtel-Jungschar. Alles fing erst noch ganz harmlos an. Ich sang zwei Lieder und spielte Plumpsack mit denen. Dann erzählte ich die Geschichte. Die Kids hörten auch noch relativ gut zu (nur Lisa heulte dauernd, als ich von dem Überfall auf den reichen Mann erzählte: „Ich will zu meiner Mami! Ich hab' Angst!" Warum bringen Eltern ihre Kinder in die Wichtel-Jungschar, wenn die gar nicht hierher wollen?!?) Anschließend sagte ich, dass wir die Geschichte nun zusammen spielen wollen. Machte den fatalen Fehler, Kevin die Rolle des Räubers zu überlassen, als er sie unbedingt haben wollte. Offensichtlich hatte er nur auf eine Gelegenheit gewartet, Silas, der den Reisenden spielte, ordentlich eins überbraten zu können. Jedenfalls schlug er so fest zu, dass Silas schreiend am Boden saß und sich weigerte, weiter mitzuspielen. Kevin, dieses kleine Monster, beschimpfte ihn daraufhin als Spielverderber, was Silas noch mehr zum Heulen veranlasste. War gerade damit beschäftigt, ihn zu beruhigen (bzw. beide), als ich plötzlich mit Schrecken feststellte, dass die beiden Zwillinge Helge und André inzwischen einen Großteil der Wände mit Filzstiften bemalt hatten! Schrie sie an: „Seid ihr wahnsinnig?! Ihr könnt doch nicht die Wände bemalen!" Die beiden gaben nur zurück: „Wir haben ja kein Papier gefunden!" Versuchte, das Geschmiere mit Wasser wieder abzuwischen, während die meisten Kinder nörgelten, dass wir nicht weiterspielten. Mittlerweile verkloppte Silas Kevin, und die kleine Ruth hatte sich irgendwoher Papier zum Basteln geholt, aus dem sie jetzt irgendwelche Kunstwerke knickte und klebte. Stellte leider erst hinterher fest, dass es die neuesten Lieder aus der Chormappe von Herrn Schröder waren, die er am Donnerstag hier dummerweise vergessen haben musste. Hätte beinahe einen Nervenzusammenbruch bekommen und verfluchte schon den Tag, an dem ich geboren worden war (wie Hiob im Alten Testament - also sehr biblisch!). Warum steht von solchen Sachen nie etwas in Vorbereitungsbüchern für Jungscharleiter? Zum Glück tauchte zufällig in diesem Moment unser Prediger Herr Klein auf, der eigentlich nur schnell etwas aus dem Gemeindesaal holen wollte. Er schien die Situation sofort richtig einzuschätzen und rief: „Kommt, Kinder, wir machen mal ein ganz tolles Spiel zusammen!" Den Rest der Stunde spielte er mit den Kleinen, die bei ihm so artig waren, als wären sie die liebsten Kinder, die es je auf dieser Welt gegeben hat! Hege langsam den Verdacht, dass sich diese Gören regelrecht gegen mich verschworen haben! Warum nur? Wo ich mir doch so viel Mühe gebe! *Gott, das ist einfach nicht fair! Wieso geht bei mir immer alles daneben? Und wie soll ich Herrn Schröder das mit seinen Liederblättern beibringen ...?* Hoffentlich bemerkt wenigstens niemand die beschmierten Wände (hab' leider so gut wie nichts mehr davon abbekommen ...)!

Mittwoch, 14. Juni

Ich glaube, unser Deutschlehrer Ebalt kann mich seit der Sache mit „seiner Homosexualität" nicht mehr leiden. Heute meinte er zu mir: „Ehrlich, Paula, ich frage mich langsam, ob dein Verhalten noch als Schusseligkeit eingestuft werden kann oder ob das schon erste Anzeichen von Alzheimer sind ...!" Und das nur, weil ich in meinem Duden fünf Minuten vergeblich nach dem Wort „Novelle" suchte und Ebalt schließlich kam und mich kurz darauf grinsend fragte: „Paula, ich will dich ja in deinem Eifer nicht bremsen, aber hältst du es nicht für möglich, dass in deinem *Bibellexikon* gar nichts über Novellen drinsteht?" Merkte leider erst jetzt, dass ich statt des Dudens mein Bibellexikon eingesteckt hatte. Peinlich, peinlich ...! Manchmal hasse ich die Schule!

Donnerstag, 15. Juni

Habe heute in Biologie wieder meine „äh"-Liste fortgesetzt: 115 „ähs"! Werde jetzt ein richtiges Heft darüber anlegen, am besten ein Schulheft, dann fällt das nicht so auf, wenn ich da was reinschreibe. Vielleicht kann man diese Liste dann später mal irgendwie statistisch verwenden oder so. Auf jeden Fall ist es lustig, so etwas aufzuschreiben!

15.00 Uhr. Komme gerade von Daniela, dem besten Menschen, den es gibt! In der Schule war mir heute mit Schrecken eingefallen, dass ich das mit Schröders Liederblättern ja noch gar nicht gebeichtet hatte. Ging in meiner Verzweiflung zu Daniela und erzählte ihr alles. Sie hat nicht mal gelacht oder gemeint: „Ich habe dir ja gleich gesagt, das schaffst du nicht allein!" Sie bot mir stattdessen an, ihre eigenen neuen Liederblätter (die ich nicht habe, weil ich ja nicht mehr zum Chor gegangen bin) nachmittags noch schnell zu kopieren und dann in Schröders

Mappe zu heften, bevor er es merkt! Und dann sagte sie noch, ob ich nicht doch wieder mitsingen wollte, denn „ohne meine Stimme würde dem Chor echt was fehlen!!"

Danke, Gott, dass es so wundervolle Menschen gibt wie Daniela! ... Und vergib mir, dass ich erst so ... na ja, so eifersüchtig auf sie war. War ziemlich blöd von mir, was?

Freitag, 16. Juni

Bin immer noch ganz fertig. Habe eben mitbekommen, dass in unserer Gegend unglaublich viele junge Menschen sterben, sogar ganz viele Kinder!! Musste heute Nachmittag nämlich was für Paps bei der Gemeindesekretärin im Pfarrbüro abholen (Paps ist ja Küster). Sie hatte gerade im Computer die Datei mit den Adressen der Einwohner unserer Dörfer aufgerufen. Während sie ein paar Sachen für Paps zusammensuchte, habe ich unauffällig mal einen Blick in die Datei geworfen (nicht, weil ich neugierig bin oder so, sondern mehr aus Langeweile). Dabei habe ich es dann gesehen: Hinter etlichen Namen stand die Bemerkung, dass die Leute schon verstorben sind! Vor allem hinter den Namen von Ausländern, zum Beispiel von Türken! Wagte nicht zu fragen, warum. Ob bei uns die Luft so ungesund ist? Oder ... ob es bei uns irgendwelche Rechtsradikalen gibt, die heimlich Ausländer umbringen, ohne dass jemand davon erfährt? Wollte Paps danach fragen, aber er war mit Herrn Schröder im Gespräch, der mal wieder zu Besuch gekommen war, um Paps zu erzählen, wie wenig Zeit er als Rentner doch hat. Kam gerade dazu, als er sagte: „Stellen Sie sich vor, was ich gestern im Gemeindesaal bemerkt habe! Jemand hat die Wände mit bunten Filzstiften angemalt! Ist das nicht grauenhaft?? Möchte bloß mal wissen, wer diese Schweinerei zu verantworten hat! Sowas gehört doch angezeigt!" Spürte, wie meine Knie weich wurden. Doch Paps (dem ich von meiner letzten Jungscharstunde erzählt hatte) meinte nur: „Wieso? So ein bisschen frische Farbe bringt doch Leben in die Gemeinde! Außerdem passt die Wand doch jetzt prima zur neuen bunten Kanzel!" Herr Schröder (etwas verunsichert): „Meinen Sie wirklich?" Paps: „Natürlich! Ich finde, die Kanzel kommt durch die bunte Wand erst richtig zur Geltung!" Herr Schröder: „Tja, so gesehen haben Sie vielleicht Recht, so ein bisschen Farbe kann gar nicht schaden! Man sollte überhaupt alles viel farbenfroher gestalten, finden Sie nicht?" Paps: „Oh ja, da bin ich ganz Ihrer Meinung!" Herr Schröder: „Vielleicht könnte ich noch ein neues Regal für die Gesangbücher bauen ... Ich habe da neulich eine ganz erhebliche Ritze entdeckt ..." Paps (schnell): „Nun, ich glaube, man sollte es mit der Farbe auch nicht übertreiben ...!"

Danke, Gott, dass du mir einen Vater wie Paps geschenkt hast!

Aber ich mache mir ernsthaft Sorgen wegen der vielen Todesfälle in unserer Gemeinde ...

Samstag, 17. Juni

Dachte die halbe Nacht noch über die merkwürdig vielen Todesfälle nach. Fragte Paps dann beim Frühstück, ob er das mit den vielen Sterbefällen in unserer Kirchengemeinde eigentlich wüsste, dass vor allem auch so viele junge Leute sterben würden. Er sah mich ganz erschrocken an und fragte, wie ich darauf käme. Sagte ihm: „Gestern habe ich im Pfarrbüro zufällig die Liste der Gemeindemitglieder gesehen, und da stand hinter ganz vielen die Bemerkung ‚verschieden´!" Paps brach in schallendes Gelächter aus (und pustete dabei die ganzen Brötchenkrümel, die er im Mund hatte, über den

Tisch). Wusste beim besten Willen nicht, was daran so lustig war, dass viele Leute starben! Schließlich erklärte er mir, dass die Bemerkung ‚verschieden' bloß bedeutet, dass die Gemeindemitglieder anderen Religionen, zum Beispiel dem Islam, angehören! Da im Nachbarort (der auch zu unserer Kirchengemeinde gehört) sehr viele türkische Familien wohnen, gäbe es daher auch viele dieser Vermerke. Sowas muss einem doch gesagt werden! War jedenfalls ziemlich erleichtert!

Sonntag, 18. Juni

Komme gerade von der Gemeinschaftsstunde. Herr Klein hielt eine total gute Predigt über das Gleichnis von den „anvertrauten Zentnern" (aus Matth. 25). Er sagte, wie wichtig es wäre, seine Talente für Gott einzusetzen und an „Gottes Reich mitzubauen". Und dass wirklich jeder sich da angesprochen fühlen sollte. Also, *ich* fühlte mich sehr angesprochen. Habe beschlossen, gleich Nägel mit Köpfen zu machen und versprochen, im Namen der Gemeinde die alte Frau Jensch im Krankenhaus zu besuchen (Herr Klein sagte in der Predigt, dass Kranken Mut zu machen auch eine ganz besondere Gabe sei). Werde gleich morgen losgehen! *Danke, Gott, dass ich immer besser verstehe, was Christsein wirklich bedeutet!*

Nach dem Gottesdienst kam Frau Heisel noch auf mich zu und fragte, wie ich am Dienstag mit den Kindern zurechtgekommen wäre. Herr Klein stand gerade neben mir und sagte, bevor ich antworten konnte: „Oh, Paula hat sich tapfer geschlagen! Ich bin zufällig dazugekommen – und ich bin sicher, die Kinder werden diese eindrückliche Stunde nicht so schnell vergessen!" Frau Heisel sah mich bewundernd an und meinte: „Wirklich? Da bin ich ja beruhigt! Ich hatte schon befürchtet, es könnte Probleme geben ... Tja, offenbar habe ich dich doch falsch eingeschätzt!" *Danke, Gott, für Herrn Klein!*

Montag, 19. Juni

Irgendwie habe ich das Gefühl, dass alles, was ich für Gott tun will, danebengeht. War heute Nachmittag bei der alten Frau Jensch im Krankenhaus, um ihr Mut zu machen und sie seelisch aufzubauen. Sie hatte einen Oberschenkelhalsbruch und lag ziemlich zerknirscht im Bett. Ihre Bettnachbarin hatte dazu den Fernseher eingeschaltet, in dem gerade eine Herztransplantation gezeigt wurde, gefolgt von zwei Blinddarm-

OPs und vielen schreienden Patienten. Sehr aufbauend, wirklich. Frau Jensch sah mich ängstlich an und sagte: „Ach, ich weiß nicht, irgendwie komme ich gar nicht mehr richtig auf die Beine, glaube ich ..." Sagte teilnahmsvoll: „Tja, das kann natürlich passieren. Aber vielleicht sind Sie in ein paar Monaten ja wieder fit! Und sonst gibt es heute ja auch schon sehr schöne Rollstühle." Sie sah mich entsetzt an und fragte mit erstickter Stimme: „Du meinst, ich muss mindestens noch ein paar Monate hier liegen ... oder sogar in den Rollstuhl?" Beschwichtigte schnell: „Nein, nicht unbedingt ... vielleicht müssen Sie ja auch nur noch ein paarmal operiert werden oder so ..." Sie (ganz entgeistert): „Ein *paar Mal* operiert?? Meinst du wirklich? ..." Versuchte, sie zu beruhigen, indem ich ihr irgendetwas Christliches sagte. Ich meinte: „Also, das müssen wir ja erst mal abwarten ... Ähm ... soll ich Ihnen vielleicht was aus der Bibel vorlesen?" Sie nickte dankbar und ich schlug die Bibel (die ich mir vorsichtshalber mitgenommen hatte) an irgendeiner Stelle auf, um sie mit ein paar Bibelworten wieder zu ermutigen und seelisch aufzurichten. Las mir den Text dummerweise nicht vorher durch, sondern begann gleich, laut zu lesen:

„Ich spüre, wie mein Leben aus mir fließt. Seit Tagen umklammert mich die Qual. Nachts bohrt der Schmerz in allen meinen Knochen, als sollten sie aus meinem Körper fallen; die Nerven können keine Ruhe finden. Mit aller Kraft hat Gott mein Kleid gepackt, er schnürt mich ein wie ein zu enger Kragen ..." (Hiob 30, 16-18).

Hörte verlegen auf zu lesen und sah zu Frau Jensch, die leichenblass geworden war. „Ähm ... tut mir Leid, die Stelle war wohl nicht so passend", murmelte ich, aber sie sagte nur: „Lies weiter!" (Wahrscheinlich wollte sie, dass ich glaube, dass dieser Text schon irgendwie in Ordnung wäre.) Las dann den ganzen Rest des Kapitels, in dem Hiob Gott quasi anklagt, dass er ihn so quält und wo Hiob erzählt, wie absolut mies es ihm geht. Mir war ziemlich unwohl, während ich das las. Gerade war ich fertig, da kam eine Schwester rein und bat mich zu gehen, weil die Besuchszeit um war. Kam mir vor wie ein totaler Versager. Statt Frau Jensch aufzubauen und zu ermutigen, habe ich sie offenbar nur runtergezogen und deprimiert.

Erzählte Paps eben von meinem niederschmetternden Erlebnis. Sagte: „Ich wollte doch nur meine Talente einsetzen, so wie Herr Klein das gestern in der Predigt gesagt hat!" Darauf meinte Paps: „Vielleicht wucherst du mit Zentnern, die Gott dir gar nicht anvertraut hat! Warum kümmerst du dich nicht in *den* Bereichen um andere, von denen du weißt, dass du da deine Talente hast?" Hm...

Dienstag, 20. Juni

Mussten heute unsere Biohefte abgeben. Frau Schnelleke will mal nachsehen, wie ordentlich und vollständig unsere Hefte sind. War so müde, dass ich einfach ein Heft aus der Schultasche zog und es abgab, ohne vorher noch mal zu prüfen, ob es wirklich das Bioheft war. Merkte leider erst zu Hause, dass es ein anderes Heft gewesen sein muss, denn mein Bioheft ist noch da! Die Frage ist nur: Welches Heft habe ich da abgegeben??? (Habe versucht, es herauszufinden, aber meine Hefte von Deutsch, Mathe, Physik, Chemie usw. sind alle noch da! Merkwürdig ...) Aber bei dieser Hitze ist es ja auch kein Wunder, dass man nicht mehr klar denken kann. Es war heute Morgen schon 33°C im Schatten, und so bekamen wir wenigstens ab der dritten Stunde hitzefrei! Im Radio haben sie gesagt, dass heute der heißeste Junitag war, seit es die Wetteraufzeichnung gibt!! Wenn das so weitergeht, wird man die Unterrichtszeit auf 22.00-4.00 Uhr verlegen müssen ...

Mittwoch, 21. Juni

Habe heute Fotos von Quentin bekommen! Sehen supersupercool aus!! ... Na ja, *bekommen* habe ich sie eigentlich nicht direkt ... andererseits eigentlich schon ... Also, ich sollte für Mama Fotos von der Drogerie abholen. Die entwickelten Fotos sind dort in einer Fototasche, und diese Taschen sind in einem riesigen Regal. Man muss sich seine Tasche anhand einer Nummer raussuchen, und im Grunde könnte man sich alle Fotos ansehen, wenn man wollte - aber wer will das schon? Sah heute zufällig auf der einen Tasche Yasmins Adresse. Konnte nicht widerstehen, mir ihre Bilder anzusehen. Auf zehn Bildern war Quentin zu sehen!! Total süß!! Hörte plötzlich eine „innere Stimme", die mir sagte: „Mensch, Paula, nutze deine Chance! Wahrscheinlich kommst du sonst nie wieder an Bilder von Quentin ran! Nimm die Bilder mit! Du kannst ja die Negative drin lassen, dann kann sie sich die Fotos noch mal nachbestellen. Und weil du ja nicht klauen willst, lege ihr einfach fünf Mark in die Fototasche. Das ist dann mehr als genug! Yasmin hat bestimmt nichts dagegen!"

Dachte, dass das sicher eine „göttliche Eingebung" sei und steckte die Bilder ein.

Ich meine, das ist doch sicher Gottes Führung, dass ich ausgerechnet dann Fotos für Mutti abholen soll, wenn auch Yasmin hier Bilder von Quentin liegen hat! Und wenn ich die dann „zufällig" auch noch sehe ...! Das *kann* doch nur göttliche Führung sein, oder? Ganz bestimmt!! Bin so happy, dass ich jetzt wenigstens ein paar schöne Fotos von Quentin habe, wo ich ihn schon nicht als festen Freund habe und fast nie sehe (obwohl ich mindestens viermal die Woche an seinem Haus entlang spazieren gehe).

Gott, bitte lass' Yasmin nicht darauf kommen, dass *ich* die Bilder gemopst habe!

Heute brachten sie bei allen Fernsehsendern Berichte darüber, dass Prinz William heute 18 Jahre alt wird und deshalb im Schloss Windsor der ganze englische Hochadel zu einem rauschenden Fest antritt und alle möglichen anderen Gäste (der arme William darf übrigens nicht mitfeiern, weil er mitten in Abiturprüfungen steckt! Armer Kerl!). Nico meinte: „Mann, machen die ein Trara um diese Sache! Ich vermute mal, über meinen 18. Geburtstag wird kein einziger Sender berichten!" Sagte: „Du bist ja auch kein Königskind!" Er: „Denkste, ich bin noch was viel Besseres! (Dachte, jetzt spinnt er total!) Ich bin sogar ein Kind Gottes!" Hm ...

Donnerstag, 22. Juni

Schande über mich! Ich will nie wieder in den Bio-Unterricht! Dachte eigentlich nicht, dass mir noch mal so etwas Peinliches passieren könnte wie das mit „Ebalt ist schwul" - aber ich glaube, das heute war fast noch eine Steigerung. Frau Schnelleke kam mit unseren Bio-Heften in den Unterricht. Sie machte die ganze Stunde einen sehr angespannten Eindruck und hielt immer wieder die Luft an, als würde sie jemand erschrecken oder so. Das hörte sich etwa so an: „Das ... ist ein ... besonderes Kennzeichen, das ... wir uns ... merken sollten ..." Fragte sie nach einer Weile mitfühlend: „Frau Schnelleke, haben Sie Atemprobleme? Soll ich dem Direx Bescheid sagen oder so?" Sie sah mich daraufhin an, als wollte sie mich erdolchen. Dann zischte sie: „Nein!" Verstand nicht ganz, was diese Reaktion zu bedeuten hatte. Erst als sie am Schluss der Stunde unsere Hefte austeilte und mir meins mit den bissigen Worten „Heute hätte ich höchstens drei Striche gekriegt, oder?" zurückgab, dämmerte es mir. Vorne auf mein Heft hatte ich dämlicherweise geschrieben: „Statistik über die Häufigkeit von Frau Schnellekes ‚ähs'"! Wäre am liebsten im Boden versunken. Murmelte: „Tut mir Leid, war nur ein Gag." Sie: „Da dir das offenbar das einzig Wichtige im Biologieunterricht war, halte ich dein Heft für reichlich unvollständig!" Kramte schnell mein richtiges Bioheft hervor und gab es ihr zerknirscht. Fürchte, sie wird das Heft nicht ganz unvoreingenommen bewerten.

Sascha, dieser Blödian, meinte in der Pause: „Das ... äh ... Paula, war wirklich ... äh ... der Hammer! Du ... äh .. solltest ... äh ... Komikerin ... äh ... werden!"

Gott, warum hast du Leute wie Sascha so dämlich werden lassen?

Freitag, 23. Juni

18.00 Uhr. Eben rief Yasmin an und fragte, ob es „eventuell möglich wäre, dass ich ein paar Bilder aus ihrer Fototasche geklaut hätte". Sagte blöderweise: „Woher willst du wissen, dass die fünf Mark von mir waren?" Hatte mich damit natürlich sofort verraten! Yasmin war dann aber noch relativ nett und meinte, wenn ich nächstes Mal Fotos von Quentin haben wollte, solle ich ihr einfach Bescheid sagen, dann würde sie mir Abzüge machen. Ansonsten hoffe sie, dass ich „solche Dummheiten nicht wieder mache!" War mir echt peinlich! Wie um alles in der Welt kam sie bloß auf mich?

Samstag, 24. Juni

Jugendkreis war heute echt prima! Wir sollen in sechs Wochen (am 30. Juli) den Gottesdienst halten. Heute haben wir eingeteilt, wer was dabei machen soll: Nico, Maik, Ottmar und Coffee bereiten ein Anspiel vor, Dani singt zusammen mit Holger ein Lied vor, Jürgen hält die Predigt, Juliane und ich machen mit der Gemeinde ein Spiel, und der Rest singt bei den vier Liedern mit, die wir alle vorsingen wollen. Als Jürgen sagte: „Vielleicht kommen auch die Bappies (Baptisten) und die Menos (Menoniten) zum Gottesdienst. Hab' sie jedenfalls eingeladen", da fiel mir ein, dass dann vielleicht auch Quentin kommen könnte, denn der gehört ja zur Baptistengemeinde!! Das wäre echt cool!! (Wo ich ihn sonst schon nie mehr zu Gesicht kriege ...)

Bitte, bitte, Gott, lass' ihn auch kommen!

Sonntag, 25. Juni

War heute endlich mal wieder im Gottesdienst bei Pastor Gunter. Werde mir nie merken können, wann man bei der Liturgie aufstehen muss und wann man sitzen bleibt. Machte dummerweise den Fehler, mich in die erste Reihe zu setzen, nachdem mich drei Omas in der letzten Reihe dauernd damit genervt hatten, wieso Papa (als Küster) keine Blumen als Altarschmuck besorgt hatte, die farblich zur Altardecke passten, und dass er doch so etwas sehen müsste, das sei ja unmöglich, und so weiter. Als ob es nichts Wichtigeres gäbe!! Diese alten Meckertanten sollten lieber ihre Aufmerksamkeit auf die Predigt lenken, wie sich das gehört! Wirklich, man kommt doch nicht wegen der Blumen zum Gottesdienst, sondern wegen der Predigt! Setzte mich jedenfalls dann demonstrativ in die erste Reihe, was bei der Liturgie wohl ein ziemliches Durcheinander auslöste. Etwa die Hälfte der Gottesdienstbesucher stand bei den sonst üblichen Stellen auf, die andere Hälfte orientierte sich an mir, da sie offenbar annahm, als Tochter des Küsters müsste ich ja wissen, wann man aufstehen muss und wann nicht. Nach der Liturgie meinte Pastor Gunter (der das mit dem Aufstehen mitgekriegt haben musste, obwohl er mit dem Rücken zu uns stand!) grinsend, man solle vielleicht grundsätzlich einführen, dass jeder aufstehen und sitzen bleiben kann, wann und wie er will. Das würde dem Gottesdienst doch viel mehr Leben verleihen! Peinlich, peinlich ...

Mittags fragte mich Paps, wie ich die Predigt fand. Hatte irgendwie kein Wort davon mitbekommen, weil ich dauernd darüber nachgedacht hatte, wie Pastor Gunter das mit dem Aufstehen überhaupt hatte mitbekommen können. Sagte deshalb nur: „War prima." Hoffe, das stimmt.

Montag, 26. Juni

Mama war heute mal bei Frau Jensch im Krankenhaus. Hinterher sagte sie zu mir, dass sich Frau Jensch sehr gefreut hätte über meinen Besuch! Und besonders über das, was ich ihr aus der Bibel vorgelesen habe!! Ich dachte erst, Mama meine das ironisch, aber sie erklärte mir: „Frau Jensch meinte, gerade durch diesen Text sei ihr klar geworden, dass es auch in der Bibel viele Menschen gibt, die noch Schlimmeres durchmachen mussten als das, was sie momentan erlebt. Und dass diese Menschen Gott sogar angeklagt haben und ihren ganzen Schmerz herausgeschrien haben. Da sei ihr erst bewusst geworden, dass man auch als Christ nicht immer gleich zu allem ‚Ja und Amen' sagen müsse, sondern Gott ruhig seine ganze Enttäuschung, Verzweiflung und Wut sagen darf, dass man sich auch als Christ beklagen darf und Gott uns versteht!" War echt platt, wo ich das hörte.

Danke, Gott, dass du mich doch gebrauchen konntest und aus meinem katastrophalen Besuch noch was Gutes gemacht hast! Ich verspreche dir auch, so schnell keinen mehr im Krankenhaus zu besuchen, sondern lieber meine wirklichen Gaben einzusetzen!

Dienstag, 27. Juni

Bekam heute mein Bio-Heft zurück. 4-. Nun ja ...

In Mathe und Deutsch klingelte mal wieder dauernd Coffees Handy. Ottmar rief immer wieder in Abständen an, um sein „Herzelchen" zu beruhigen, weil wir in der dritten Stunde in Physik eine Arbeit schrieben, und Physik ist nicht gerade Coffees Stärke. Hatte allerdings das Gefühl, dass Coffee mit jedem von Ottmars Anrufen erheblich nervöser wurde, anstatt ruhiger. Das Ganze hatte erst ein Ende, als Ebalt (unser Deutschlehrer) Coffees Handy bis zum Ende der Stunde beschlagnahmte und sich bei den nächsten Anrufen mit „Ostfriesische Botschaft, was kann ich für Sie tun?" meldete. (Coffee erzählte mir später, Ottmar habe ihr ganz aufgeregt erzählt, er hätte versehentlich immer den ostfriesischen Botschafter am Apparat gehabt und mit ihrem Handy müsste wohl etwas nicht stimmen ...) War echt witzig!

Irgendwie ist das schon frustrierend: Alle haben ein Handy, nur ich nicht! Deshalb bekomme ich vermutlich auch so gut wie nie Anrufe. Ich meine, wer will denn schon bei mir anrufen, wenn die Gefahr besteht, dass meine Eltern am Telefon sind. Das schreckt doch jeden Teenie ab! (Nichts gegen meine Eltern, aber Telefonieren ist nun mal was ganz Privates!) Besonders Jungs rufen deshalb wahrscheinlich nicht an! Vermutlich hätte ich auch schon längst einen festen Freund, wenn ich ein Handy hätte! Im Grunde wird mir meine ganze Zukunft nur dadurch vermiest, dass ich kein Handy habe!

(abends) Erzählte Mama eben von der Sache mit dem Handy, und sie meinte nach kurzen Überlegen: „Paula, du hast mich überzeugt! Ich gebe dir mein Handy für einen Monat zur freien Verfügung! Und dann sehen wir weiter, okay?" War völlig von den Socken! Hätte nie gedacht, dass sie das macht! *Danke, Gott, dass ich so tolle Eltern habe!!!*

Verbrachte den ganzen Abend damit, alle Leute aus meiner Klasse und aus dem Jugendkreis anzurufen und ihnen meine neue Handy-Nummer zu sagen. Mama rief inzwischen ihre Freundinnen an und sagte Bescheid, dass ich nun für einen Monat ihr Handy habe! Bin soooo happy! Wäre doch gelacht, wenn sich jetzt die Jungs nicht endlich trauen würden, bei mir anzurufen!

Heute war übrigens Siebenschläfer. Wenn das stimmt, was die Leute sagen, dass es immer sieben Wochen lang dasselbe Wetter gibt wie an diesem Tag, können wir den Sommer für dieses Jahr getrost vergessen (es hat immer wieder geregnet oder war bedeckt – und kühl!). Aber das ist wahrscheinlich doch bloß so ein alberner Aberglaube ... Hoffentlich!

Mittwoch, 28. Juni

Noch kein Anruf für mich. Na ja, mit den meisten habe ich ja erst gestern kurz telefoniert.

Donnerstag, 29. Juni

Wieder kein Anruf. Lag vermutlich daran, dass wir heute so viel aufhatten. Da kamen die anderen einfach nicht zum Telefonieren ...

Ging abends endlich mal wieder zum Chor (gab allen dort meine Handy-Nummer für den Fall, dass sie mich mal dringend anrufen müssten). Herr Schröder übt mit uns jetzt total schwere Lieder ein. Die sind so schwierig, dass er sie meistens selbst nicht hinkriegt! Aber er ist der festen Meinung, das „Niveau unseres Chores müsste endlich mal ein wenig angehoben werden". Sonntag singen wir zum ersten Mal ein zwölfstimmiges Lied! Vorausgesetzt, es kommen 12 Leute von uns.

Freitag, 30. Juni

Wieder kein Anruf! Coffees Handy klingelt dagegen fast dauernd (im Unterricht). Echt nervtötend! Ich schätze, sie bezahlt irgendwelche Leute dafür, dass sie sie anrufen! Und in 90 % aller Fälle ist es sowieso Ottmar, und den kann man ja eh nicht zu den „normalen" Anrufern rechnen.

Das mit dem Siebenschläfer scheint zu stimmen. Das Wetter ist seit Tagen mies!

Samstag, 1. Juli

Heute kam Pastor Gunter vorbei, um mit Paps was abzusprechen. Pastor Gunter sah ziemlich geschlaucht aus und meinte, er würde das mit den vielen Geburtstags- und Krankenhausbesuchen neben seiner sonstigen Arbeit gar nicht mehr schaffen und ob Paps ihm nicht drei Geburtstagsbesuche abnehmen wolle. Als Paps meinte, er hätte leider heute auch keine Zeit, rief ich spaßeshalber: „Schickt doch Herrn Schröder, der besucht doch offensichtlich so gerne Leute!" Zuerst sah Paps mich vorwurfsvoll an, doch dann meinte er, die Idee sei gar nicht so übel. Er rief Herrn Schröder an, der meinte, Paps hätte ungeheures Glück, welch' ein Zufall, gerade heute hätte er noch drei Termine frei! Echt stark, dass das so geklappt hat! *Danke, Gott, dass ich offenbar mal einen richtig guten Einfall hatte!*

Abends fragte mich Coffee ganz scheinheilig, ob mich inzwischen schon jemand auf meinem Handy angerufen hätte! Was geht die das eigentlich an? Leider hat noch niemand angerufen. Das Handy muss kaputt sein. Werde Paps morgen bitten, es sich mal anzuschauen ...

Sonntag, 2. Juli

Handy scheint OK zu sein, Paps hat es durchgecheckt. Merkwürdig ...

20.50 Uhr. Komme gerade von der Gemeinschaftsstunde. Sangen heute Abend unser neues Chorlied. Konnten es allerdings nicht 12-stimmig singen, weil wir nur acht Leute waren. Sangen es also achtstimmig. Herr Schröder kündigte das neue Lied vorher noch etwa so an: „Liebe Gemeinde, wir möchten Ihnen heute mal etwas ganz Besonderes präsentieren: Ein ganz neues, wunderschönes Lied! Sie werden begeistert sein, da bin ich sicher!" War mir nicht sicher, ob er sich hinterher auch noch sicher war. Herr Klein sagte, bevor er die Predigt begann, er danke dem Chor für dieses „mal ganz andere Hörerlebnis". Und die alte Frau Krein fragte Herrn Schröder später, warum wir das Lied nicht vorher wenigstens einmal geübt hätten – oder ob es das Besondere an diesem Lied war, dass es auch für den Chor völlig neu war und anscheinend niemand wusste, nach welcher Melodie man den Text singen sollte.

Hoffe, Herr Schröder besinnt sich wieder auf die guten alten Chorlieder, die wir vor seinem Ruhestand gesungen haben ...

Montag, 3. Juli

10.00 Uhr. Heute Nachmittag kommt mal wieder Tante Olga zu Besuch. Ich werde mich nie an sie gewöhnen. Schon wenn sie mich bei der Begrüßung ein paarmal küsst, habe ich hinterher immer das Gefühl, ein Bernhardiner hätte mich abgeschleckt. Echt eklig! Und dann immer die gleichen Sprüche! Zu Nico sagt sie grundsätzlich: „Du bist aber auch wieder größer geworden, Junge!" Und zu mir sagt sie immer: „Und du bist schon wieder dicker geworden, Paula, oder?" Die hat's gerade nötig mit ihren bestimmt dreißig Kilo Übergewicht, an meinem Gewicht herumzunörgeln! Nee, das ist echt `ne Strafe mit der! Der einzige Lichtblick ist, dass Mama ihretwegen meinen absoluten Lieblingskuchen (Sahneschokotorte!) backt! Durfte leider noch nichts probieren. Aber unsere alte Nachbarin Frau Krein kam zufällig vorbei und erwähnte beiläufig, dass ihre Schwester sie heute Nachmittag besuchen wollte und sie leider gar keine Zutaten für Kuchen mehr im Haus habe und ob Mutti ihr nicht etwas borgen könne. Da hat Mutti ihr gleich die Hälfte der Torte mitgegeben! (Ich wette, Frau Krein hat von draußen gerochen, dass Mutti am Backen war! Abgesehen davon: Zwei Stücke hätten es doch auch getan, oder?)

Na ja, ich werde mich heute Nachmittag satt essen! Freue mich schon drauf!

20.00 Uhr. Bin stinksauer! Blödes Handy! Verfressene Tante Olga! Kaum wollten wir heute mit dem Kaffeetrinken anfangen, da klingelte mein Handy. War total aufgeregt und ging in mein Zimmer, um in Ruhe telefonieren zu können. Am anderen Ende war Kai aus meiner Klasse. War ziemlich überrascht, dass er gerade mich anrief, um zu fragen, was wir in Mathe aufhatten (hatte er vergessen). Dann fragte er mich noch, welchen Lehrer ich am liebsten mag, wie ich Frau Schnelleke fände, ob ich Ebalt wirklich für schwul halte und ob ich auch so gerne Fischstäbchen mag. Kam mir sehr seltsam vor. Kann mich nicht erinnern, dass Kai vorher jemals auch nur ein Wort mit mir gesprochen hat! Bin mir nicht sicher, ob das Ganze nur ein dummer Scherz sein sollte oder ob er vielleicht am Ende in mich verliebt ist ... (Hoffentlich nicht!!!) Kaum hatte ich mein Gespräch mit Kai beendet, rief Stefanie an und fragte mich alles Mögliche übers Gitarrespielen aus, weil sie das „schon immer brennend interessiert habe". Sehr seltsam. Hatte gerade den Hörer wieder aufgelegt, als Mario anrief, der „bloß mal wissen wollte, wie's mir so geht". Anschließend riefen noch Sarah, Max, Verena und

Tim an, alle aus meiner Klasse. Sarah fragte, ob ich mich mit Goldhamstern auskenne (sie glaubt, ihr Hamster habe Blähungen), Max wollte wissen, was ich nächstes Schuljahr mit auf die Klassenfahrt nehme, Verena hatte einfach Langeweile, und Tim fragte, ob ich zufällig die neue CD von Olli P. habe. Habe noch nie mit so vielen Leuten an *einem* Tag telefoniert. Irgendwie schon erstaunlich, dass plötzlich so viele Leute mit mir reden wollen! Echt toll! Ich wusste es doch: Mit einem Handy bekomme ich endlich Freunde, und auch die Jungs interessieren sich nun für mich!

Als ich nach all den Anrufen endlich wieder ins Wohnzimmer kam, hatte Tante Olga den ganzen Kuchen (Sahneschokotorte) schon aufgefuttert! Hätte sie am liebsten auf der Stelle .... (nee, das schreibe ich jetzt lieber nicht hier rein)! Hoffe, sie kommt nicht so schnell wieder! *(Ich weiß, Gott, das ist nicht gerade christlich, aber so ist es nun mal ... Tut mir Leid.)*

Dienstag, 4. Juli

Coffee hat wirklich eine seltsame Auffassung von Freundschaft! Hätte sie heute am liebsten erwürgt, als ich in der Schule am schwarzen Brett einen großen Zettel in ihrer Handschrift fand, auf dem stand: „Hallo

Leute aus der 9 b! Bitte, bitte ruft Paula auf ihrem Handy an! Sie ist so todunglücklich, dass sie nie jemand anruft, dass ich mir ernsthaft Sorgen mache, ob sie sich nicht schon mit Selbstmordgedanken beschäftigt ... Also rettet ihr Leben und ruft sie an – egal, warum (denkt euch irgendwas Originelles aus)! Ich zähle auf euch! Carolin

Paulas Nummer ist übrigens ...."

Alle grinsten mich heute in der Schule doof an, und als ich den Zettel las, wusste ich auch endlich, warum. Sprach Coffee sofort auf diesen Wisch an. Sie war ganz erschrocken darüber, dass sie vergessen hatte, den Zettel wieder abzunehmen, bevor ich ihn entdecken konnte. Dann behauptete sie, sie hätte das aus purer Freundschaft getan und ich solle ihr gefälligst dankbar sein, dass sie sich so um mich kümmert. Sehr witzig! Als ob ich es nötig hätte, dass sie sich um mich „kümmert", damit mich jemand anruft!

Dann fragte sie auch noch blöd, ob denn jemand angerufen hätte. Sagte: „Ein paar, aber die hätten mich auch ohne deinen komischen Aufruf angerufen, da bin ich sicher!"

Gab Mama abends ihr Handy zurück. Ich denke, ich brauche wohl doch keins ...

Wenigstens war die Wichtel-Jungschar

ganz gut. War heute für die Spiele zuständig. Lief eigentlich ganz gut. Nur Frau Heisel hatte wieder mal was auszusetzen und meinte vorwurfsvoll: „Findest du nicht, dass es etwas unpassend ist, den Kindern in der Jungschar Glücksspiele beizubringen? Besonders, wenn sie dabei das Geld verspielen, das sie eigentlich in das Opferkästchen legen sollen?" Typisch, die Frau hat doch immer was auszusetzen. Den Kids hat es jedenfalls Spaß gemacht.

Gott, sind Glücksspiele in der Bibel wirklich verboten? Hm, wahrscheinlich schon ...

Mittwoch, 5. Juli

Heute ist mir mal wieder was Oberpeinliches passiert! Wenn das so weitergeht, kann ich es Ebalt nicht verdenken, wenn er mir eines Tages eine Briefbombe schickt oder so. Hatte heute meinen Schirm mit zur Schule genommen. Einen blaukarierten, total schönen, den ich mal von meiner Patentante bekommen habe. Habe ihn dummerweise in der Pausenhalle (wo ich noch am schwarzen Brett kontrolliert hatte, ob Coffee sich nicht vielleicht schon wieder irgendwie um mich „kümmern" wollte) vergessen, als ich rausging. Wollte gerade noch mal zurücklaufen und ihn holen, da kam mir ein Mann mit dem Schirm entgegen. Sagte:

„Oh, Sie haben mir meinen Schirm mitgebracht! Das ist ja nett! Danke!" Er verwundert: „Nein, das ist mein Schirm!" Ich: „Ich bin sicher, dass es mein Schirm ist, ich habe ihn in der Pausenhalle vergessen!" Wollte dem Typen den Schirm abnehmen, aber er hielt ihn fest und rief: „Lass' den Schirm los, das ist meiner!" In diesem Moment kam Ebalt aus dem Schulgebäude und ich rief: „Herr Ebalt, dieser Typ hat mir meinen Schirm geklaut und will ihn mir nicht wiedergeben!" Herrn Ebalt war das sichtlich peinlich und er murmelte: „Das ist sicher eine Verwechslung, Paula!" Sagte: „Ja ja, nun halten Sie bloß noch zu diesem Dieb! Als mein Lehrer könnten Sie mich ruhig etwas mehr unterstützen! Schließlich will mir dieser Kerl meine Sachen klauen! Wer weiß, was der noch alles geklaut hat! Also helfen Sie mir bitte! Oder nehmen Sie mir das immer noch übel, dass ich das wegen Ihrer Homosexualität mal erwähnt habe?" Hätte mich ohrfeigen können, kaum dass ich das gesagt hatte. Herr Ebalt schien kurz vor einer Explosion zu sein und gleichzeitig im Boden versinken zu wollen. In diesem Moment kam Coffee auf mich zugerannt, meinen Schirm in der Hand, und rief: „Hier, Paula, den hast du vergessen!" Jetzt wäre ich am liebsten im Boden versunken. Merkte, wie ich knallrot wurde, als Ebalt hervorpresste: „Ich denke, du solltest dich beim Schulrat entschuldigen, Paula!!" Murmelte zerknirscht: „Tut mir schrecklich Leid, ehrlich! Ich ... ich muss jetzt dringend nach Hause!" Rannte wie von der Mafia verfolgt zur Bushaltestelle. Wieso muss so was immer mir passieren??? Ob es jemals ein Fettnäpfchen geben wird, in das ich mal nicht hineintreten werde?

Donnerstag, 6. Juli

Bin ich froh, dass wir nächstes Jahr nicht mehr Ebalt haben. Der hat mich heute die ganze Deutschstunde so angesehen, als wollte er mich erdolchen. Wünschte, er wäre Christ, dann würde er mir meine kleinen Fehler und Missgeschicke sicher einfach vergeben. Wie sich das für Christen gehört.

Freitag, 7. Juli

Frage mich ernsthaft, ob Coffee der richtige Umgang für mich ist. Als Sascha mich heute sah, grinste er: „Richtet nicht, so werdet ihr nicht gerichtet! Gilt auch für Schulräte! Irgendwann werde ich ein Buch über dich schreiben, Paula! Wie du Ebalt beim Schulrat blamiert hast mit deinem Schirm, das war ja mal wieder filmreif!" Fragte erstaunt: „Wer hat dir das mit Ebalt verraten?" Er: „Coffee natürlich!" Wollte Coffee gerade erschlagen (natürlich nicht wirklich, aber so was in der Richtung), da meinte sie: „Das nimmst du mir doch nicht übel, oder? Als Christ wirst du mir meine kleinen Fehler und Missgeschicke doch sicher vergeben." Hätte ihr am liebsten einen guten Grund geliefert, *mir* vergeben zu müssen, konnte mich aber gerade noch beherrschen. Man hat es wirklich nicht leicht als Christ. Und überhaupt: Es ist nicht in Ordnung, wenn Nichtchristen wie Sascha immer die Bibel zitieren, besonders, wenn es so vollkommen unpassend ist!

Samstag, 8. Juli

10.00 Uhr. Mama fiel eben siedend heiß ein, dass ja morgen unsere ganze Familie zu Tante Ernas 85. Geburtstag eingeladen ist! Tante Erna ist eine Schwester von Tante Olga, aber von ihrer Art her so ziemlich das Gegenteil, also sehr nett.

Mama fing gleich wieder eine ihrer so berühmten Kleiderdiskussionen an. Sie behauptet immer, ich hätte nichts Passendes anzuziehen. Was ist denn gegen eine Jeans und einen netten Pullover einzuwenden? Mama meckerte so lange rum, bis ich ihr versprach, noch mal in die Stadt zu fahren und mir was Schickes zu kaufen. Hoffentlich finde ich noch was. Mütter sind manchmal schon anstrengend ...!

17.00 Uhr. Mutti hat schon eine seltene Gabe, Leute seelisch aufzubauen! Rannte den ganzen Tag wie eine Bekloppte von einem Laden zum anderen. Nirgendwo hatten die was Vernünftiges in meiner Größe (sollte vielleicht doch mal abnehmen). War schon total fertig, als ich endlich eine todschicke Bluse fand! War zwar etwas teuer (150 DM), aber Tante Erna wird schließlich auch nicht alle Tage 85. Als ich sie dann zu Hause zeigte, meinte sie: „Wo hast du denn das her? Aus dem Altkleidercontainer? Na ja, wenn's dir gefällt ... Und was willst du jetzt zu Tante Ernas Geburtstag anziehen?" Ob alle Teenager so ätzende Mütter haben?

22.00 Uhr. Bin immer noch total aufgedreht. Komme gerade vom Jugendkreis. Heute war Quentin da!! Er ist wohl neuerdings mit Jürgen befreundet, und der hat ihn einfach „mitgeschleift"! War total happy! Habe hinterher noch ellenlang mit ihm geredet, fast die halbe Nacht (Yasmin war ja zum Glück nicht dabei)! Erzählte Quentin unter anderem, dass wir morgen schon ganz früh zu Tante Erna nach Magdeburg fahren wollen. Und er sagte mir dann, er kenne eine ganz tolle Abkürzung, da könnte man fast eine Stunde Fahrtzeit sparen! Dann erklärte er mir die Abkürzung ganz genau. Habe mir alles gemerkt. Tante Erna wird Augen machen, wenn wir morgen schon so früh da sind! Spüre immer mehr, dass Quentin genau der richtige Freund für mich wäre. Ich meine, ist das nicht schon sozusagen ein „göttliches Zeichen", dass Quentin mir einen guten Weg nach Magdeburg sagen konnte – dass er mir sozusagen „den rechten Weg weist"? Ich bin ihm jedenfalls sehr ähnlich und wir sind total auf einer Wellenlänge! Wir verstehen uns auch ohne Worte, wir sind sozusagen seelenverwandt, das habe ich ganz deutlich gemerkt! Wenn sich bloß nicht Yasmin so an ihn klammern würde! Vermute, Quentin will sich unbewusst längst von ihr lösen und eine Freundschaft mit mir anfangen – sonst hätte er sich ja heute Abend nicht so wahnsinnig lange mit mir unterhalten, oder?

Sonntag, 9. Juli

Das war mal wieder so ein Tag, an dem ich mir wünschte, ein Steinadler würde durchs Dach stürzen und mich erschlagen! Warum hat mich Gott nur mit so einer furchtbaren Familie gestraft? Wenn ich Buddhistin wäre, würde ich vermuten, dass ich in einem früheren Leben einen Massenmord begangen hätte und dafür nun büßen müsste!

Der Tag begann damit, dass Mutti wie immer total die Panik machte und behauptete, wir würden zu spät kommen, weil ich immer so trödele. Wollte sie beruhigen, indem ich ihr sagte: „Ich weiß eine ganz tolle Abkürzung nach Magdeburg, da können wir mindestens eine Stunde Fahrtzeit sparen!" Sie: „Woher weißt du denn das?" Ich: „Von Quentin!" Nico: „Den armen Kerl hat sie gestern eine halbe Stunde lang genervt! Der sah hinterher ganz fertig aus!" Wieso muss Nico immer so gehässig sein und solchen Quatsch verbreiten, anstatt mir einfach mein Glück zu gönnen?!

Konnte Paps schließlich überreden, Quentins Abkürzung zu fahren, nachdem Mutti meinte, wir wären sowieso schon wieder viel zu spät dran. Leider verfuhr sich Paps hoffnungslos und fuhr stundenlang planlos in der Gegend rum, denn zu allem Überfluss hatte er auch noch seinen Autoatlas zu Hause vergessen. Schließlich fragte er einen Fußgänger: „Entschuldigung, wie kommt man hier am besten nach Magdeburg?" Der Mann völlig verwundert: „Nach

Magdeburg? Sie meinen sicher nach *Marburg!*"Paps (verlegen): „Nein, äh ... Magdeburg ..." Der Mann sah auf unser Autokennzeichen und lachte sich dann halb tot. Als sich der Knallkopp endlich wieder eingekriegt hatte, erklärte er uns irgendeinen langen Weg und meinte, wenn wir uns beeilen würden, kämen wir sicher heute noch an. Paps war stinksauer und meinte, ich solle mir nächstes Mal vorher die Ohren waschen, bevor ich mir von Leuten eine Abkürzung erklären lasse. Kamen gegen sechs Uhr abends an. Mutti musste sich gleich übergeben, weil ihr von Paps rasantem Fahrstil so schlecht geworden war. Tante Erna war schon ganz aufgelöst vor Sorge und Tante Olga (die leider auch mit eingeladen war) sah auf meine tolle neue Bluse und murmelte: „Nun iss mal Abendbrot. Es lohnt sich ja wohl nicht mehr, dass du dir noch schicke Sachen anziehst, der Geburtstag ist ja schon gelaufen. Du hättest dir aber auch vor der Fahrt schon was Schönes anziehen können!"

Misttag! ... Sollte Quentin wirklich *Marburg* gesagt haben??

Montag, 10. Juli

Da wir erst heute Morgen nach Hause kamen, ließ Mutti mich heute zu Hause bleiben. In der Schule läuft ja eh nichts Besonderes mehr. In drei Tagen gibt es (endlich!!!) Sommerferien! Schlief bis mittags aus. Träumte von Quentin, der mit mir aus unerklärlichen Gründen nach Grönland auswandern wollte ...

Dienstag, 11. Juli

Heute war die letzte Wichtel-Jungschar vor den Ferien. War echt lustig mit den Kleinen. Manchmal denke ich, dass Gott eigentlich ganz zufrieden mit mir sein kann (ja ja, ich weiß, das ist geistlicher Hochmut, ich meine ja auch nur so ...). Immerhin gebe ich mir Mühe, in der Gemeinde mitzuarbeiten, wo ich kann (Chor, Wichtel-Jungschar), und bekenne sogar in der Schule meinen Glauben. Außerdem bleibe ich eigentlich immer geduldig und freundlich und bin nicht nachtragend. Zum Beispiel habe ich die Sache mit dem Zettel, den Coffee an das schwarze Brett gepinnt hat (von wegen Handy) schon längst vergessen. Oder Saschas ewige blöde Bemerkungen! Ich vergebe diesem Vollidioten immer wieder! Und er wird mich nie dazu bringen auszurasten, wie es andere sicher schon längst getan hätten. Abgesehen davon unterstütze ich Mitchristen, wo ich nur kann (zum Beispiel in der Wichtel-Jungschar), und bin immer für andere da. Ja, ich würde sogar das eine oder andere Opfer auf mich nehmen, um meinen Mitmenschen zu helfen (sogar den Nichtchristen), wenn ich es mir recht überlege. Tja, eigentlich kann Gott wirklich zufrieden mit mir sein. Sorry, Gott, wenn das hochmütig klingt, aber stimmt das denn nicht?

Mittwoch, 12. Juli

15.00 Uhr. Endlich Ferien!!! Als Ebalt uns heute die Zeugnisse gab (meins ist mit einem Durchschnitt von 3,2 noch ganz passabel, denke ich), sagte er ganz erleichtert, er wäre richtig froh, sich nun mal wieder „von seinen Schülern und dem ganzen Ärger, den man ab und zu in der Schule hat, erholen zu können". Hatte den Eindruck, dass er dabei besonders mich ansah ... Was soll's, jetzt sind Ferien! Sechs Wochen pure Erholung, Spaß und Freude! Sechs Wochen ohne nervige Mitmenschen (Sascha), Stress und peinliche Vorfälle, bei denen man sich zum Gespött seiner Mitmenschen macht! Halleluja! Das Leben fängt neu an!

18.00 Uhr. Bin soeben gestorben, fast jedenfalls. Tante Olga rief an und sagte, dass sie *die nächsten drei Wochen zu uns ziehen* werde, weil ihre Wohnung generalüberholt wird!!! Gab mich zunächst der trügerischen Hoffnung hin, Nico hätte mal wieder einen seiner blöden Scherze gemacht, als er es mir sagte. Leider meinte er es aber diesmal ernst. Wie soll ich das überstehen??? Habe fieberhaft versucht, noch einen Platz auf einer Freizeit zu bekommen. Aber nicht mal auf einer Seniorenfreizeit oder einer Männerfreizeit war noch was frei! Schlug Mutti vor, mich so lange zu Tante Helga nach Stuttgart zu schicken, aber leider ist die mit ihrer Familie auf einer Freizeit in Tirol!

Drei Wochen Tante Olga - *warum kann mir nicht etwas weniger Katastrophales passieren, Gott* (zum Beispiel ein Unfall oder eine Froschplage wie in Ägypten in der Mose-Geschichte)? Würde Tante Olga am liebsten wegekeln, aber Mama meinte nur, ich solle meinen „Mitchristen ruhig mal helfen und auch mal ein kleines Opfer dafür in Kauf nehmen". Ein *kleines* Opfer? Drei Wochen Tante Olga ist mindestens gleichbedeutend mit völliger Selbstaufgabe!

Donnerstag, 13. Juli

Heute Nachmittag trudelte Tante Olga ein. Nachdem sie erst mal ausgiebig über die „unchristliche Gestaltung“ meines Zimmers gemeckert hatte (weil ich ein Plakat vom Skispringer Martin Schmitt da hängen habe, der Quentin zum Verwechseln ähnlich sieht), ließ sie sich das Programm unserer Gemeinde von Paps geben. Als sie sah, dass am nächsten Sonntag unsere neue Diakonin, Frau Körner, die Predigt halten soll, flippte sie fast aus. Sie nannte das natürlich „heiligen Zorn über die antichristlichen und völlig gottlosen Zustände in unserer Gemeinde“. Fragte blöderweise: „Was ist denn daran so schlimm, dass Frau Körner predigt? Die ist total nett!“ Tante Olga sah mich so entsetzt an, als hätte ich sie gefragt, was schlimm daran sei, seine Eltern zu erschießen. Dann holte sie ihre dicke Bibel hervor und hielt mir kurz darauf den Vers aus 1. Timotheus 2, 12 unter die Nase: „Einer Frau gestatte ich nicht, dass sie lehre, auch nicht, dass sie sich über den Mann erhebe, sondern sie sei stille.“ Tante Olga räusperte sich und meinte dann triumphierend: „Du siehst, mein Kind, Frauen dürfen nicht predigen! Diese Frau Körner ist eindeutig vom wahren Wege abgekommen und in das Lager Satans gewechselt! Man sollte sich von einer Gemeinde völlig absondern, die solche unbiblischen Dinge zulässt! Gott will, dass die Frauen still zuhören und nur die Männer sein Wort verkündigen!" Erinnerte mich wieder daran, dass Herr Mörtel (dieser frauenhassende Inquisitor) neulich auch so etwas gesagt hat.

Gott, hat Tante Olga etwa Recht damit? Und was ist mit all den Diakonissen, Missionarinnen und Predigerinnen? Sind die wirklich alle vom Glauben abgefallen?

Freitag, 14. Juli

Heute Nachmittag war Pastor Gunter mal wieder da, weil er mit Paps etwas besprechen musste. Tante Olga kam dazwischen, stellte sich vor Pastor Gunter hin und sagte streng: „Herr Pastor, als Schwester im Herrn fühle ich mich verpflichtet, Sie auf die Fehler in Ihrer Gemeinde aufmerksam zu machen, damit Sie fürderhin solche nicht mehr fördern!" Pastor Gunter lächelte und fragte erstaunt: „Was für Fehler denn?" Tante Olga atmete tief durch und begann dann ihre Strafpredigt: „Sie lassen es zu, dass eine Frau predigt! Das ist nicht schriftgemäß! Sie verderben dadurch die Gemeinde, und so wird Satan ein leichtes Spiel haben, die Gemeinde vom guten Wege abzubringen! Das wird unabsehbare Folgen haben und ..." Pastor Gunter unterbrach ihren Redeschwall und musste sich offenbar zusammenreißen, um nicht zu grinsen: „Ach, Sie meinen, weil am Sonntag Frau Körner predigen soll? Da kann ich Sie beruhigen. Frau Körner ist leider verhindert, ich werde an ihrer Stelle predigen!" Tante Olga schien fast beleidigt zu sein, dass Pastor Gunter ihr so schnell den Wind aus den Segeln genommen hatte, bevor sie ihm einen Haufen Bibelsprüche um die Ohren schlagen konnte. Sie atmete noch einmal tief durch und presste dann hervor: „Dann bin ich ja beruhigt ..."

Sonntag, 16. Juli

Komme gerade vom Gottesdienst (ging hin, um Tante Olga zu beweisen, dass ich noch nicht „völlig vom Glauben abgekommen" bin trotz meines „Martin-Schmitt-Posters"). Könnte Pastor Gunter glatt umarmen! Er hielt heute seine Predigt über die Verse „Einer Frau gestatte ich nicht zu lehren" und „Das Weib schweige in der Gemeinde!" (1. Korinther 14, 34). Tante Olgas Augen begannen zu leuchten, als er mit der Predigt begann. Offenbar war sie der Ansicht, den „schwachen Bruder im Herrn" durch ihre „Ermahnung" wieder auf den „rechten Weg gebracht" zu haben. Allerdings verschwand dieses Leuchten ziemlich schnell wieder von ihrem Gesicht, als Pastor Gunter dann sagte, dass man diese Verse nur verstehen kann, wenn man den zeitgeschichtlichen Hintergrund kennt. Damals tauchten nämlich in der Gemeinde dort Frauen auf, die totale Irrlehren verbreitet haben, zum Beispiel, dass Frauen nicht mehr heiraten und Kinder kriegen sollten. Außerdem gab es viele Frauen, die plötzlich meinten, ständig bei den Gottesdiensten dazwischenreden zu müssen und damit alle störten. Deshalb verbot Paulus den Frauen, weiter solche Lehren zu verbreiten oder ständig mit ihrem Gequassel den Gottesdienst zu stören. An anderen Stellen erlaubt er Frauen durchaus, im Gottesdienst zu lehren (1. Kor. 11, 5). Außerdem habe Jesus selbst schon Frauen beauftragt, von ihm zu erzählen; er hatte Jüngerinnen, die bei seinem Missionsbefehl nicht ausgeschlossen wurden, und es waren sogar Frauen, die als erstes von seiner Auferstehung erzählten! Und es gab sogar schon im Alten Testament Frauen, die Gottes Weisungen lehrten, zum Beispiel die Führerin Deborah (Richter 4).

Habe es richtig genossen, wie Tante Olga

regelrecht zusammensackte. Sie sagte den ganzen Nachmittag kein Wort mehr. Das will wirklich was heißen bei ihr!! Und als Nico sie mittags fragte: „Na, wie fandst du die Predigt, Tante Olga?", knurrte sie nur: „Ich habe das alles gar nicht verstanden. Euer Pastor spricht so undeutlich!" Ich bin mir aber ziemlich sicher, dass sie jedes Wort ganz genau verstanden hat!

Danke, Gott, für Pastor Gunter! Und danke, dass Frauen doch predigen dürfen! Fände ich sonst auch echt blöd!

Montag, 17. Juli

Manchmal ist Nico echt ein Goldstück. Tante Olga regte sich heute Mittag mal wieder tierisch darüber auf, dass ich kein „ordentliches Deutsch" sprechen würde, als ich Nico fragte: „Ey, wollen wir nachher im Internet surfen? Vielleicht kriegen wir da ein paar Connections zu coolen Typen." Nico sah sie ernst an und nickte: „Du hast völlig Recht, Tante Olga! Diese ewigen englischen Ausdrücke finde ich auch furchtbar! Das kann man doch auch in gutem Deutsch sagen. Zum Beispiel: Wollen wir nachher im Zwischennetz auf Wellen reiten? Vielleicht bekommen wir dann ein paar Verbindungen zu kühlen menschlichen Wesen!" Tante Olga sah ihn an, als hätte er russisch gesprochen, und ich hätte beinahe mein halbes Mittagessen über den Tisch gepustet, weil ich so lachen musste. Schließlich murmelte Tante Olga: „So ein Unsinn! Zwischennetz! So was gibt es doch gar nicht!" Nico, ich liebe dich!

Dienstag, 18. Juli

Heute Morgen fiel mir plötzlich siedend heiß ein, dass Paps ja übermorgen Geburtstag hat!! Und ich weiß beim besten Willen nicht, was ich ihm schenken könnte. Fragte Nico. Der schlug mir vor, ihm Rasierwasser zu schenken. Kommt nicht in Frage, wo ich mir schon seit Jahren wünsche, dass Paps sich endlich mal einen Vollbart wachsen lässt. Mama meinte, ich solle ihm einen Schlips schenken! Einen Schlips! Ich glaube, es gibt auf der ganzen Welt nichts Einfallsloseres! Aber was soll ich ihm denn sonst schenken?

Mittwoch, 19. Juli

Was soll ich Paps bloß schenken???

Tante Olga meinte, ich solle ihm ein Buch mit einem „guten Wort" schenken, das ihn „in den Stürmen des Lebens bewahren möge und ihm ein Licht in der Nacht sei". Sagte,

Paps sei gegen Sturmschäden versichert und habe für nachts eine Taschenlampe. Fürchte, sie hat mir das irgendwie übel genommen.

Donnerstag, 20. Juli

Schlich mich morgens aus dem Haus und fuhr schnell zum Supermarkt. Kaufte dort eine große Schachtel Pralinen und eine gute Flasche Rotwein (den mag Paps gerne). Nichts Besonderes, aber immerhin.

Den ganzen Tag über kamen Leute, um zu gratulieren (fast alle schenkten Pralinen oder Wein!!). Tante Olga fragte Nico oder mich jedes Mal, ob die Person denn schon „auf dem rechten Wege sei" (also Christ). Immer, wenn wir verneinten oder mit den Achseln zuckten, verwickelte Tante Olga die Leute dann in ein Gespräch und versuchte krampfhaft, sie zu „missionieren". Echt peinlich. Nico machte sich schließlich einen Scherz draus, auch bei Herrn Klein mit den Achseln zu zucken. Tante Olga lief auf ihn los und bombardierte ihn mit „der guten Botschaft". Als sie nach einer Weile enttäuscht wiederkam, raunte er mir zu: „Sie hat genau acht Minuten und sechzehn Sekunden gebraucht, um festzustellen, dass unser Prediger schon bekehrt ist! Ich habe die Zeit gestoppt!"

Freitag, 21. Juli

Heute kam Frau Süßmilch vorbei, um Paps nachträglich zu gratulieren (gestern konnte sie nicht) und um Mama die neuesten „Skandale" aus der Gemeinde zu erzählen – natürlich „nur fürs Gebet"! Sie sagte zum Beispiel (beim Kaffeetrinken, wo wir alle zusammensaßen): „Ist Ihnen auch schon aufgefallen, dass Herr Kamerau schon viermal nicht im Gottesdienst war? Ich hatte ja schon die Befürchtung, er wäre krank, aber neulich sah ich, wie er abends aus einer ... einer Kneipe kam! Und mit ihm zusammen kam ein Betrunkener heraus! Ich war so geschockt, ich war ganz sprachlos!" Tante Olga sah sie ernst an und stimmte ihr sofort zu: „So fängt es immer an, wenn ein Schaf unseres Herrn sich von der Herde abwendet und in die Fänge des Feindes gerät! Dann dauert es meistens nicht lange, bis dieser Mensch ganz verloren ist und sich nur noch mit berauschenden Mitteln über Wasser zu halten versucht!" Nico warf ein: „Vielleicht hat er ja auch nur einen alten Schulfreund getroffen, und sie haben mit ein paar Bierchen auf alte Zeiten angestoßen oder so!" Tante Olga sah ihn an, als hätte er gesagt, Herr Kamerau habe sicher nur bei einer Satanssekte schwarze Messen abgehalten. Dann räusperte sie sich und meinte: „Ein ‚paar Bierchen' sind wohl kaum dazu angetan, unserem Herrn die Ehre zu geben! Ein Christ sollte solchen weltlichen Lüsten abschwören und sich mit besseren Dingen befassen, denke ich! Was denken Sie, Frau Süßmilch?" Frau Süßmilch schien etwas unsicher zu sein (zufällig weiß ich, dass ihr Mann auch ab und zu mal ein Bier trinkt) und nickte dann: „Da haben Sie sicher Recht! Aber noch mehr beunruhigt mich, dass Herr Kamerau schon so oft in diesem Jahr beim Gottesdienst gefehlt hat. Am 9. Januar, am 30. Januar, am 20. Februar und am 12. März hat er ja auch schon gefehlt!" Nico sah sie erstaunt an und meinte dann grinsend: „Woher wissen Sie das so genau? Führen Sie etwa eine Strichliste darüber, wann wer zum Gottesdienst kommt?" Wollte gerade über diese alberne Vorstellung lachen, als Frau Süßmilch meinte: „Natürlich! Als Christ ist man doch verpflichtet, auf seine Geschwister im Herrn zu achten! Und bei Herrn Kamerau mache ich mir nun ernsthaft Sorgen! Wer so oft im Gottesdienst fehlt, der kann doch nur vom Glauben abfallen!" Dachte, ich bin im falschen Film. Die führt tatsächlich eine Strichliste über unsere Gottesdienstbesuche!! Überlegte blitzartig, wie oft ich wohl in diesem Jahr schon im Gottesdienst unserer Gemeinde gefehlt habe. Kam zu dem Ergebnis, dass ich wohl noch nicht „vom Glauben abgefallen" bin. Puh, Glück gehabt!

Als die beiden dann noch über Herrn Schröder herzogen (der sich neulich wohl gar keine Zeit für eine „seelsorgerliche Stunde" mit Frau Süßmilch nahm, was ich absolut verstehen kann), fiel mir auf, dass Herr Schröder uns schon länger nicht mehr besucht hat. Merkwürdig ...

Samstag, 22.Juli

Der Jugendkreis war heute echt klasse! Bin immer noch ganz happy! Coffee ist nämlich Christin geworden!! Also, das Thema war heute „Ganz oder gar nicht". Vorweg spielten Jürgen und Daniela ein kleines Anspiel vor. Das ging etwa so:

Jürgen: Hallo, Andrea! Wie geht's?

Dani: Prima! Komme gerade aus'm Urlaub! Ich war drei Wochen in Spanien! Super, sage ich dir!

Jürgen: Das kann ich mir vorstellen! Beneidenswert! Wo genau warst du denn mit deinem Freund?

Dani: Mein Freund? Den habe ich nicht mitgenommen. Der stört mich nur, wenn ich mit ein paar coolen Typen flirte! Oder auch ab und zu mal einen abschleppe. Du verstehst schon ...!

Jürgen (etwas entsetzt): Du flirtest und ... schläfst mit anderen Männern?

Dani: Na klar! Ich meine, man muss doch nicht so fanatisch sein und immer nur an *einem* kleben, oder? Ich finde, ein bisschen Toleranz kann nie schaden. Man muss doch mitnehmen, was man kriegen kann.

Jürgen: Und ... was sagt dein Freund dazu?

Dani: Keine Ahnung. Aber der wird schon damit einverstanden sein, nehme ich an.

Jürgen: Ich weiß nicht ... Meinst du nicht, dass er ziemlich unglücklich darüber ist?

Dani: Ach was, der kann doch mit mir zufrieden sein. Ich bin meistens ganz nett zu allen Leuten, ich helfe, wo ich kann, und ich setze mich sogar für die Umwelt ein. Außerdem bin ich relativ beliebt bei allen Leuten. Was sollte er also an mir auszusetzen haben?

Jürgen: Hm ... na ja, das alles ist zwar ganz toll, hat aber relativ wenig mit ihm zu tun.

Dani: Na ja, alle paar Monate sehe ich mir sogar mal einen alten Liebesbrief von ihm an! Und an seinem Geburtstag ziehe ich extra ein schickes Kleid an und dekoriere unsere Wohnung ganz toll. Das sieht immer so schön aus, und die Nachbarn sind dann immer ganz begeistert!

Jürgen: Das hört sich aber irgendwie nicht nach einer festen Freundschaft an.

Dani: Wieso? Er ist bestimmt glücklich mit mir!

Jürgen: Sagt er das?

Dani: Keine Ahnung, ich rede ja fast nie mit ihm. Höchstens, wenn ich mal was brauche oder so.

Jürgen: Du redest fast nie mit ihm?? Ich denke, er ist dein fester Freund?!

Dani: Ja, klar ist er das. Wenn ich ihn brauche, ist er ja auch immer für mich da und hilft mir, wie ich das von ihm erwarte. Aber jeden Tag mit ihm zu reden oder so ein Quatsch - das ist mir viel zu anstrengend. Am Ende redet er mir noch in mein Leben rein! Nee, das muss ich echt nicht haben! Also, ich muss jetzt weiter, mach's gut! Ich habe nämlich noch' n Date, du weißt schon ... Also, bis irgendwann mal!

Jürgen: Ja, bis dann!

Nach dem Anspiel fragte Jürgen, wie wir reagieren würden, wenn wir eine Freundin oder einen Freund hätten, der so mit uns umginge wie diese Frau da eben mit ihrem

Freund. Natürlich sagten wir alle, dass wir mit so jemandem sofort Schluss machen würden. Das ist ja auch keine feste Freundschaft, das ist total fies. Dann erklärte Jürgen, dass viele Leute ihr Christsein so verstehen wie die Frau ihre Freundschaft zu ihrem Freund: Jesus ist nur für Notzeiten gut genug, und ansonsten leben wir unser eigenes Leben. Vielleicht lesen wir sogar noch ab und zu mal in der Bibel, aber mehr kommt Jesus in unserem Leben nicht vor. Jürgen sagte, dass Jesus aber die Nr. 1 in unserem Leben sein will, jemand, mit dem wir leben und den wir überall mit einbeziehen, wie man halt in einer guten Freundschaft auch seinen Freund überall mit einbezieht, weil er das Wichtigste für einen ist. So eine Wischi-Waschi-Beziehung, die doch keine richtige ist, findet Jesus im wahrsten Sinne des Wortes „zum Kotzen", noch schlimmer, als wenn man gar nicht zu ihm gehören würde (Offenbarung 3,16). Und dann will er später auch nichts mehr mit uns zu tun haben, wenn wir mal nach unserem Tod vor ihm stehen.

Hatte das noch nie so gehört. Ich war eigentlich immer der Ansicht, dass Gott sich über die netten Nichtchristen sicher fast genauso freut wie über Christen. Coffee wurde total unruhig (ich dachte erst, sie müsste dringend aufs Klo) und ging hinterher noch mit Jürgen in einen Nebenraum. Anschließend kam sie strahlend wieder und erzählte mir und Ottmar, dass sie nun auch „ganze Sache mit Jesus“ gemacht habe! Habe vorher noch nie so richtig miterlebt, dass sich jemand so für Jesus entscheidet! Das ist echt total stark! *Danke, Jesus!!*

Sonntag, 23. Juli

Bin immer noch total happy! Hätte irgendwie gar nicht damit gerechnet, dass Coffee einfach so bei uns im Jugendkreis zum Glauben kommen könnte. Ich meine, bei Veranstaltungen wie „Pro Christ“ erwartet man das ja vielleicht noch eher, aber ausgerechnet in unserem Jugendkreis? Egal, ich freue mich jedenfalls riesig und werde Coffee jetzt mit Rat und Tat zur Seite stehen, um ihr zu zeigen, wie man als Christ lebt. Ich werde ihr all ihre Fragen über den Glauben gerne beantworten und ihr praktisch vorleben, wie man sich als Christ zu verhalten hat. Denke, es ist echt gut für sie, dass sie eine Christin als Freundin hat, von der sie lernen kann.

Montag, 24. Juli

Komme mir vor wie der letzte Idiot, wenn ich meine gestrige Tagebucheintragung lese! Was bin ich bloß für eine arrogante, hochmütige und sich maßlos überschätzende dumme Kuh! Ich schäme mich echt in Grund und Boden. War gerade mit Coffee in der Stadt. Trafen dort auf Herrn Ebalt, der gerade einkaufen war. Ebalt begrüßte uns freundlich und fragte dann: „Na, wie waren eure Ferien bis jetzt? Schon was Schönes erlebt?" Da meinte Coffee strahlend: „Und ob! Ich bin gestern Christ geworden! Das Beste, was mir je passiert ist! Ist echt stark zu wissen, dass Gott mich liebt und nun aus meinem Leben das Beste machen will!" Dachte, ich höre nicht richtig. Wäre am liebsten im Boden versunken. Irgendwie war mir das total peinlich. Vor allem, als Coffee dann noch sagte: „Paula ist ja auch schon lange Christin! Hat sie Ihnen das noch nie erzählt?" Ebalt sah mich erstaunt an und meinte: „Nein, das wusste ich noch gar nicht! ... Tja, also, ich muss dann mal weiter!" Als er einige Meter von uns entfernt war, flüsterte ich Coffee zu: „Musste das jetzt sein?" Sie: „Was meinst du?" Ich: „Dass du dem erzählt hast, dass wir Christen sind!" Coffee lächelte: „Ich habe gestern erst in der Bibel gelesen: ‚Wer mich bekennt vor den

Menschen, den will ich auch bekennen vor meinem Vater' oder so. Also, das hat Jesus gesagt. Außerdem ist es doch das Beste, was einem passieren kann, dass Jesus unser Freund ist! Ich freue mich so darüber, dass ich das einfach weitersagen muss! Freust du dich denn nicht so darüber?" Murmelte: „Doch, klar, natürlich, aber ... ach, vergiss es ..."

Habe den Eindruck, dass Coffee jetzt schon ein viel besserer Christ ist als ich und dass *ich* noch mächtig viel von *ihr* lernen muss! Irgendwie niederschmetternd, wenn man bedenkt, dass ich schon seit Jahren Christ bin und sie erst zwei Tage! Oh Mann, Gott hat es echt nicht leicht mit mir ...

Dienstag, 25. Juli

Heute kamen Bekannte von Mama zu Besuch. Familie Rubens mit zwei kleinen Kindern, Marvin, 3 Jahre alt, und Maurice, 2 Jahre alt. War total lustig! Vor allem, weil Herr Rubens neulich zu seinem Geburtstag einen Camcorder geschenkt bekommen hat und nun ständig seine Kinder filmt. Das Filmen habe ich gar nicht mitbekommen (ich war nachmittags bei Coffee, um mit ihr was für den Jugendkreis vorzubereiten; sie soll nächstes Mal mit mir ein Anspiel vorführen), aber abends hat Herr Rubens uns dann seinen Film ganz stolz präsentiert. Am witzigsten war seine eigene Stimme auf dem Band. Das ging etwa so: (total gekünstelt und albern) „Hallo, Maurice, mein Spätzelchen! Ja, wo ist denn der Papi? ... Ja, du bist ja ein ganz lieber Schatz! ... Nein, nicht an die Vase! Nicht!!! (Schnitt) So, nun ist wieder alles in Ordnung und alle sind wieder glücklich, mein Schatz (man hört Mama leise etwas grummeln, sie räumt im Hintergrund die Scherben der Vase weg – ein Erbstück von Oma, an dem Mama sehr hing! – und reinigt den Teppich). Ja, und was macht der kleine Marvin? Ja, was malst du denn da Schönes? ... Oh ... äh, Nico, das sind doch keine wichtigen Unterlagen von dir, oder? (Schnitt) Nein, Marvin, du brauchst nicht weinen, es ist alles in Ordnung, der liebe Nico kann sich bestimmt neue Unterlagen für seinen Führerschein besorgen! ... Ja, Maurice, wo hast du denn den Kuchen her? Ja, gib doch der lieben Tante Olga mal was ab! Nein, mein Spatz, nicht auf Tante Olgas Kleid!! (Schnitt) ... Ja, was hat denn mein kleiner Goldstern da in der Hand? Ja, zeig doch mal, Marvin! Das sieht ja aus wie ... äh ... ein Handy! Aber da darfst du doch keinen Kirschsaft rüberkippen mein Schatz! (In diesem Moment hört man Paps im Hintergrund: „Hat jemand mein Handy gesehen?")

Habe mich halb tot gelacht (hinterher, beim Kucken habe ich mich nicht getraut, weil Herr Rubens so stolz auf seinen Film war). Sagte abends (als sie weg waren): „Die sollten wir echt öfters einladen, die sind so witzig!" Erntete von allen missbilligende Blicke. Verstehe nicht ganz, warum. Ich meine, die beiden Kleinen sind doch noch Kinder, da muss man doch mit der einen oder anderen Panne rechnen! Gerade das ist doch das Erfrischende und Schöne an Kindern, dass sie noch einfach so die Welt entdecken. Wirklich, manchmal ist meine Familie schon ziemlich kleinlich!

Mittwoch, 26. Juli

Diese kleinen Ungeheuer! Warum können Eltern nicht besser auf ihre Kinder aufpassen, vor allem, wenn es sich um solche Monster wie die Rubens-Kinder handelt?!? Dieser Marvin soll mir bloß nie wieder unter die Augen treten! Irgendein Vollidiot muss den in mein Zimmer gelassen haben, und da hat dieser Depp meine Fotos von Quentin gefunden und mit einem Edding bekrickelt! Wäre beinahe ausgerastet, als ich es sah! Nico, dieser Blödmann, kam dann auch noch in mein Zimmer und grinste: „Aber Paula, das ist doch nur ein kleines, unschuldiges Kind!" Bin echt sauer! Hoffe, dieser Haufen von Terroristen kommt nie wieder zu uns!

Donnerstag, 27. Juli

Hatten heute eine Probe für unseren Familiengottesdienst am Sonntag zum Thema „Lass' dich von Gott überraschen"! Lief ziemlich chaotisch ab. Nico und Maik hatten den Text für das Anspiel nicht gelernt, Coffee weigerte sich, überhaupt noch mitzuspielen, weil sie eine jähzornige Furie spielen soll und das angeblich mit ihrem Christsein nicht vereinbaren kann, Dani war heiser (sie sollte ja singen) und viele vom Jugendkreis waren gar nicht erst gekommen! So ein unzuverlässiger Haufen, also wirklich! Da macht man einmal im Jahr mit dem Jugendkreis einen Familiengottesdienst, und dann kommen die einfach nicht! Habe manchmal den Eindruck, dass vielen unsere Gemeinde und der Glaube überhaupt gar nicht mehr wichtig sind! Wirklich deprimierend!

Wenigstens lief das Spiel, was Juliane und ich mit der Gemeinde machen sollen, ganz gut. Hoffe, dass am Sonntag trotzdem alles klappt! Am Samstag machen wir noch mal eine Generalprobe. (Hoffentlich kommt Quentin am Sonntag auch! Habe solche Sehnsucht nach ihm!!)

Freitag, 28. Juli

Traf heute die gesamte Familie Bartens beim Einkaufen im Supermarkt. Ich kann mir nicht helfen, aber ich bekomme jedes Mal so ein Würgen im Hals, wenn ich dieser Familie mit ihren absolut perfekten vier Kindern begegne. (Schätze, Gott muss noch hart an mir arbeiten, damit ich endlich ein guter Christ mit guten Gedanken werde.) Die beiden älteren Söhne Matthäus und Markus besorgten in Windeseile alles, was die Familie brauchte, Lukas (8 Jahre) schob fröhlich singend den Einkaufswagen (er sang leise: „Weil ich Jesu Schäflein bin") und selbst der 6-jährige Johannes lief gehorsam und wohlerzogen neben dem Wagen her. Als seine Mutter für ihn einen Schokoriegel in den Wagen legen wollte, wehrte er lächelnd ab: „Aber Mutti, das ist doch sicher nicht gesund für mich – und mein Leib ist doch der Tempel vom Heiligen Geist!" Dachte, ich höre nicht richtig! Kann mir nicht vorstellen, dass irgendein anderes Kind auf dieser Welt so etwas geantwortet hätte. Legte verstohlen die Tafel Schokolade zurück, die ich mir kaufen wollte. Frau Bartens begrüßte mich gleich mit ihrem überirdischen Strahlen: „Da, seht mal Kinder, da ist ja Paula, unsere liebe Schwester im Herrn! (Alle vier Söhne reichten mir höflich lächelnd mit einem „Diener" die Hand.) Das ist aber schön, dich mal zu treffen! Sicher machst du gerade Besorgungen für deine liebe Mutter!" Murmelte: „Tjo ..." Wollte lieber nicht zugeben, dass ich mir nur eine paar Süßigkeiten für einen gemütlichen Abend kaufen wollte. Vermute, sie hätten mich sonst in ihr Abendgebet eingeschlossen und Gott gebeten, mich von der „Sünde der Völlerei" zu erlösen. Verabschiedete mich schnell („Tut mir Leid, hab's furchtbar eilig") und ging in den nächsten Laden, wo ich mich erst mal ausgiebig mit „Fressalien" eindeckte. Wünschte, Familie Bartens würde sich eine andere Gemeinde suchen als unsere. Na ja, wenigstens wollen sie ihr nächstes Kind nicht Paula nennen ...

Samstag, 29. Juli

Was für ein ätzender Tag! Alles höchst peinlich! Ging heute endlich mal wieder zum

Schwimmen, weil ich dachte, dass jetzt in den großen Ferien eh alle verreist sind und ich dort keinem begegne, der mich kennt. Traue mich sonst ja nicht mehr mit meinem Übergewicht, Bekannten im Badeanzug zu begegnen. War kaum im Wasser, da sah ich Sarah und Annkatrin, die beiden Schlankesten aus meiner Klasse, kommen! Versuchte, mich so unsichtbar wie möglich zu machen, aber sie entdeckten mich trotzdem. Beschloss gerade, lieber wieder nach Hause zu fahren, als ich Quentin und Yasmin um die Ecke kommen sah!! Hätte mich am liebsten in Luft aufgelöst! Wollte auf keinen Fall, dass mich Quentin im Badeanzug sieht, und verschwand schnell im Babybecken. Wurde dort von einigen Kindern etwas dumm angeguckt. Schließlich meinte eine Frau mit einem Baby zu mir: „Das macht den Kleinen so richtig Spaß, hier zu planschen. Wann ist es denn bei Ihnen so weit?" Fragte etwas irritiert: „Was ... was meinen Sie denn?" Sie: „Na ja, wann bekommen Sie Ihr Kind?" Hätte diese offenbar kurzsichtige blöde Kuh am liebsten erwürgt (jedenfalls so etwas in der Richtung)! Knurrte: „In sechs bis acht Jahren, schätze ich!" Lief dann sofort in die Umkleidekabine, wo ich merkte, dass ich meinen Schlüssel für den Kleiderschrank irgendwo verloren hatte! Lief also wieder ins Bad zurück und suchte überall nach diesem dämlichen Schlüssel! Dabei sah mich dann auch Quentin (wie peinlich) und fragte, ob ich irgendetwas suchte. „Übrigens", meinte er, „dein Badeanzug reißt hinten gerade!" Merkte, wie ich knallrot wurde. Yasmin kam sofort angelaufen und gab mir ihr großes Badetuch, in das ich mich einwickeln konnte, während Quentin weiter nach meinem Schlüssel suchte. Schließlich fand er ihn sogar *(Danke, Gott!)*, ich gab Yasmin ihr Handtuch zurück und düste zum Kleiderschrank. Begegnete auf dem Weg dahin ausgerechnet Herrn Pumpel, unserem Englischreferendar (der früher immer so nach Schweiß stank). Er grinste mich an und meinte: „Hallo, Paula! So sieht man sich wieder! Wie du siehst, tue ich jetzt was gegen meinen Schweiß! Übrigens, ich würde nicht mit diesem Badeanzug ins Wasser gehen! Der reißt näm ..." Unterbrach ihn schnell: „Ich weiß! Tschüs!"

War froh, als ich endlich zu Hause war. War den ganzen Tag noch so sauer und abgenervt, dass ich nicht zum Jugendkreis ging.

Um 21.00 Uhr rief Coffee an und fragte, warum ich nicht zur Generalprobe gekommen wäre und ob mir unsere Gemeinde und der Glaube im Grunde gar nicht wichtig seien! Ich Rindvieh hatte die Generalprobe doch glatt vergessen! Na ja, kann ja mal passieren. Hoffe, morgen klappt trotzdem alles einigermaßen.

Sonntag, 30. Juli

Komme gerade vom Familiengottesdienst! War echt super, obwohl absolut nichts so geklappt hat, wie wir uns das vorgestellt hatten. Die Katastrophe begann damit, dass Herr Klein uns kurz vorm Gottesdienst erst Bescheid sagte, dass Jürgens Mutter gerade angerufen habe: Er sei heute Nacht mit einer akuten Blinddarmentzündung ins Krankenhaus eingeliefert worden! Brachen alle mehr oder weniger in Panik aus, weil Jürgens Predigt den größten Teil des Gottesdienstes ausmachen sollte. Aber Herr Klein beruhigte uns und meinte: „Macht euch keine Sorgen, ich habe schon eine Idee. Ich hoffe nur, es klappt!" Dann ging er nach vorn und meinte: „Ich möchte Sie ganz herzlich begrüßen zu unserem Familiengottesdienst! Unser Thema heißt heute: ‚Lass' dich von Gott überraschen!' Die erste Überraschung haben wir heute Morgen schon erlebt: Unser Prediger musste nämlich überraschend mit einer Blinddarmentzündung ins Krankenhaus. Aber gerade deshalb sollten wir diesen Gottesdienst zu genau diesem Thema halten. Gott überrascht uns immer wieder. Ich denke, auch viele von Ihnen könnten davon erzählen, wie Gott sie in seiner Liebe immer wieder überrascht hat. Und genau darum möchte ich Sie jetzt bitten! Haben Sie einfach den Mut, nach vorn zu kommen und uns zu erzählen, was Sie mit Gott erlebt haben! Zwischendurch wird der Jugendkreis dann immer mal wieder ein Lied singen, wir werden ein Anspiel sehen und so weiter. Ich denke, das könnte ein ganz eindrucksvoller, abwechslungsreicher Gottesdienst werden. Lassen wir uns also überraschen!" Nun setzte sich Herr Klein wieder hin. Als eine ganze Weile keiner nach vorne ging, meinte er: „Tja, vielleicht sollte erst mal der Jugendkreis mit einem Lied beginnen! Und danach darf jeder nach vorn gehen, der möchte." Wir stellten uns auf und sangen unser Lied. Kaum hatten wir fertig gesungen, da ging Coffee zur Kanzel und sagte: „Ich wollte nur kurz erzählen, dass ich jetzt Christin geworden bin ... und ... also, ich finde es immer so spannend, was in der Bibel steht ... also, Ottmar und ich lesen jetzt oft zusammen in der Bibel und ... also, ich bin echt überrascht, was da alles so drinsteht! Dass Jesus sich zum Beispiel auch um Prostituierte gekümmert hat und so ... Und ich bin echt gespannt, wie das jetzt mit meinem Leben so weitergeht, ob Gott da noch was Besonderes mit mir macht und so ... Also, jedenfalls bin ich sehr überrascht, dass ein Leben mit Gott so ganz anders ist, als ich früher immer dachte ..." Sie setzte sich wieder auf ihren Platz und Herr Klein lächelte ihr aufmunternd zu. War echt überrascht, dass Coffee sich getraut hatte, als Erste nach vorn zu gehen! Überlegte krampfhaft, womit Gott mich zum letzten Mal überrascht hatte, aber mir fiel in diesem Moment absolut nichts ein. Während des ganzen Gottesdienstes kamen immer wieder Leute vor und erzählten, was sie mit Gott erlebt hatten. War echt stark! Besonders die Kriegserlebnisse von einigen alten Gemeindemitgliedern. Aber auch einige junge Frauen hatten schon tolle Sachen mit Gott erlebt. Schließlich ging Herr Schröder nach vorn und meinte: „Was ich jetzt sage, wird sicher viele überraschen. Also ... Als ich Rentner wurde, war das für mich ein ganz schönes Problem. Ich fühlte mich plötzlich so nutzlos. Niemand schien mich mehr zu brauchen! Ich versuchte dann, mir irgendwelche Arbeiten und Aufgaben zu suchen, zum Beispiel baute ich dann ja diese Kanzel. Und ich redete mir und anderen ein, dass ich immer noch gebraucht wurde und viel zu tun hätte ... Aber so war es nicht! Die meiste Zeit des Tages saß ich nur herum und wusste nichts Rechtes mit mir anzufangen. Ich betete zu Gott, dass er mir eine neue Aufgabe geben sollte, auch wenn ich mir beim besten Willen nicht vorstellen konnte, was das sein sollte. Aber eines Tages sprach mich dann Pastor Gunter an und fragte, ob ich ihm vielleicht ein paar Hausbesuche abnehmen könnte, weil er immer so viel zu tun habe. Erst habe ich das nur sehr widerwillig getan. Aber es war besser, als zu Hause meine Frau zu nerven. Doch als ich dann merkte, wie sehr sich manche Senioren über meine Besuche freuten, da habe ich diese Besuche richtig gerne gemacht. Seitdem besuche ich jeden Tag mindestens zwei Leute und mache auch Besorgungen für Menschen, die das selbst nicht mehr können. Neulich habe ich auch mal einen Ausflug mit mehreren Senioren gemacht. Das war ganz große Klasse! Das Ganze macht mir unheimlich Freude, und ich spüre, dass die Senioren sehr dankbar dafür sind. Also, ich bin echt überrascht, dass Gott mir doch noch so eine tolle Aufgabe gegeben hat! Und ich möchte mich bei allen entschuldigen, denen ich vielleicht zeitweise auf die Nerven gegangen bin! ... Übrigens, ich bin dafür, dass wir unsere alte Kanzel wieder holen! Dieser Kasten hier ist doch nicht so das Wahre!" Alle lachten und Herr Schröder setzte sich wieder hin. Er sah richtig glücklich aus.

Der Gottesdienst war echt eine einzige Überraschung für mich! Eine ganz tolle! *Danke , Gott!*

(Quentin war leider nicht da. Schade ...)

Montag, 31. Juli

11.00 Uhr. Dachte heute den ganzen Morgen wieder nur an Quentin, und dabei fiel mir dann auf, ich habe mich noch gar nicht richtig bei ihm bedankt, dass er neulich meinen Schlüssel im Schwimmbad gesucht hat! Er muss mich wirklich für ein total undankbares Wesen halten! Schrieb ihm sofort einen netten Brief 15 Seiten lang und kaufte eine Schachtel Pralinen für ihn. Werde es ihm heute Nachmittag vorbeibringen. Dann habe ich vielleicht auch endlich mal wieder Gelegenheit, ausgiebig und in aller Ruhe mit ihm zu reden, ohne dass ein gehässiger Nico oder sonst jemand uns stören kann! Wird bestimmt super! Freue mich schon riesig drauf! Bin richtig aufgeregt!!

17.00 Uhr. Komme gerade von Heinemanns (Quentin heißt Heinemann mit Nachnamen). War total ätzend! Als ich bei denen um drei Uhr klingelte, öffnete so ein Typ mit tausend Pickeln in Designerklamotten (also, der Typ trug die Designerklamotten, nicht seine Pickel) und grinste mich dämlich an. Sagte: „Hallo, ich wollte zu Quentin. Ist der da?" Er sah mich von oben bis unten an und meinte dann: „Nein, tut mir Leid, der ist gerade weg. Aber du kannst gerne drinnen auf ihn warten. Er kommt sicher gleich wieder." Ich ging also mit diesem Typen rein, der mich ins Wohnzimmer lotste und erklärte: „Ich heiße übrigens Christian. Leider nicht Christian Wunderlich, auch wenn ich genauso gut aussehe, he he ... Meine Freunde nennen mich Chrissi." Dachte: *‚So dämlich, wie der tut, können es ja nicht allzu viele sein, die ihn so nennen ...'* Abgesehen davon erinnerte er mich vom Aussehen her eher an eine Mischung aus Krümelmonster und Karl Dall. Er meinte dann: „Setz dich doch, dann können wir uns etwas unterhalten. Du fragst dich doch sicher schon die ganze Zeit, woher ich dieses schicke Hemd habe ..." Murmelte: „Wüsste nichts, das mich mehr interessieren könnte ..." Er: „Tja, das ist aus Paris. Ich trage nur erstklassige Kleidung. Quentin ist in dieser Hinsicht etwas ... nun ja ... er hat halt keinen Stil ..." Wollte gerade was erwidern, ließ es dann aber doch lieber bleiben. Dieser arrogante Schnösel hat mich dann fast zwei Stunden vollgelabert, wo er schon überall war, dass er im Prinzip alles kann und weiß und künstlerisch sehr begabt ist! Zwischendurch betonte er immer wieder, dass „der gute Quentin" sicher ein gutes Herz habe, aber weder von Kunst noch von sonstigen Dingen auch nur die geringste Ahnung hätte und überhaupt in allem etwas zurückgeblieben sei, aber das wäre mir ja sicher schon aufgefallen. Zog es vor, nichts darauf zu antworten, schließlich wollte ich ja keinen Streit heraufbeschwören. Hätte diesem Idioten aber am liebsten einen Knebel in den Mund gestopft. Am besten einen im Kunstdesign aus Paris! Stattdessen nickte ich immer wieder zustimmend bei seinem hirnrissigen Gefasel von Kunst und Weltgewandtheit, um diese Themen nicht noch weiter vertiefen zu müssen. Gegen kurz vor fünf habe ich den Kerl dann gefragt: „Wo ist Quentin überhaupt?" Da meinte dieser Knallkopp: „Der ist bei seiner Freundin Yasmin. Die beiden wollen, glaube ich, ihre Wohnung neu tapezieren!" Hätte diesen Christian am liebsten auf der Stelle erwürgt (natürlich nicht richtig, nur so ein bisschen)! Der muss doch gewusst haben, dass so etwas erfahrungsgemäß sehr lange dauert! Idiot! Verabschiedete mich schnell und gab diesem Christian die Pralinen und den Brief für Quentin. (Hoffe nur, dass mir dieser eingebildete Schleimer nie wieder über den Weg läuft!!!) Sah auf dem Rückweg, dass gegenüber von unserem Haus eine neue Familie einzieht. Die Frau begrüßte mich gleich freundlich und erzählte eine Weile mit mir. Die haben zwei Kinder: Einen achtjährigen Jungen und ein Baby, total süß! Entdeckte auf ihrem Auto einen Fisch-Aufkleber und fragte, ob sie Christen sind! Sie sind welche! Toll! *Danke, Gott!*

Dienstag, 1. August

Habe es heute mal geschafft, Tante Olga zu schocken! Muss immer noch grinsen, wenn ich daran denke. Also, ich kam von unseren neuen Nachbarn und schwärmte Tante Olga dann mit einem verklärten Blick vor: „Ich glaube, ich habe mich eben unsterblich in einen Jungen verknallt ! Unser neuer Nachbar, er ist so was von süß!!" Tante Olga: „Süß? Also, ich glaube nicht, dass das die angemessene Beschreibung für einen jungen Mann ist! Ist er denn auch eines der Glieder am Leib unseres Erlösers?" (Sie meinte: „Ist er Christ?") Ich: „Ich fürchte, er hat sich noch nicht bewusst für Christus entschieden ... aber vielleicht kommt das noch ... Aber der ist echt ein Traummann! Obwohl, rein äußerlich ..." Tante Olga (neugierig): „Ja, was ist denn mit ihm? Sieht er nicht gut aus?" Ich (gedehnt): „Doch, irgendwie schon ... er hat allerdings eine Glatze und ... na ja, er hat nur zwei Zähne ..." Tante Olga etwas entgeistert: „Nur zwei Zähne? Das muss ja furchtbar aussehen! Ernährt sich dieser Mann denn nicht gesund?" Ich: „Also, seine Mutter hat mir anvertraut ... aber das muss jetzt unter uns bleiben! (Tante Olga nickt heftig) Also, der hat noch nie in seinem Leben Obst oder Gemüse gegessen! So was isst der einfach nicht!" Tante Olga, völlig entsetzt: „Das gibt es doch gar nicht! Kein Wunder, dass dem die Zähne ausfallen! Woher nimmt er bei dieser Ernährung überhaupt die Kraft zum Arbeiten?" Ich: „Och, der arbeitet ja gar nicht. Der pennt meistens und lässt sich von vorne bis hinten bedienen! Und ... na ja ... er trinkt ziemlich viel! Ich glaube auch, der ist viel zu schwach, um zu arbeiten. Außerdem ... na ja ... er kann auch nicht lesen und schreiben ..." Tante Olga, nach Luft ringend: „Paula, das ist ja grauenhaft! So ein Mensch ist auf keinen Fall der richtige Umgang für dich! Du solltest diesem Mann auf jeden Fall aus dem Weg gehen!" Ich: „Im Gegenteil, ich will morgen wieder zu ihm hin, habe ich ihm versprochen! Dann werde ich ihn wieder fest in den Arm nehmen und mit ihm knuddeln!" Bevor Tante Olga endgültig einen Herzinfarkt bekam, sagte ich noch schnell: „Er ist übrigens erst gut drei Monate alt! Wirklich, ein süßes Baby!" Ging schnell in mein Zimmer, bevor Tante Olga noch was sagen konnte. Manchmal ist es schon lustig, eine Tante zu haben, die man hin und wieder so leicht ärgern kann. Und das Beste ist, dass sie viel zu alt und zu „fromm" ist, als dass sie uns das irgendwie heimzahlen könnte!

Quentin hat sich noch nicht gemeldet. Sein doofer Cousin wird ihm doch hoffentlich meinen Brief und die Pralinen gegeben haben, oder ...?

Mittwoch, 2. August

War gerade wieder bei unseren Nachbarn, den Bergers, die dieses kleine, süße Baby haben.

Manchmal habe ich das Gefühl, Kinder können mich grundsätzlich nicht leiden. Als ich heute den kleinen David auf dem Arm hatte und gerade sagte: „So ein Baby ist echt ein richtig tolles Gottesgeschenk!", da spuckte er mich voll, genau über mein neues T-Shirt! Frau Berger nahm mir den Kleinen sofort ab und gab mir was zum Abwischen. Dann grinste sie: „Ja ja, Spucken ist zur Zeit noch sein Lieblingshobby. Unser Sohn Timo ist ein großer Fan von ‚Raumschiff Enterprise' und der nennt ihn jetzt immer ‚Mr. Spuck'. Witzig, was?" Rang mich zu einem Lächeln durch, während ich mir die ausgespuckte Milch vom T-Shirt wischte. Hoffe, ich kriege später mal Kinder, die ein anderes Lieblingshobby haben ...

19.00 Uhr. Kam gerade von Bergers, als Tante Olga meinte: „Eben rief ein Herr Heinemann für dich an. Ich habe ihm gesagt, dass du gerade deine neue große Liebe besuchst!" Fragte entgeistert: „Was hast du??" Sie (scheinheilig): „Du hast doch gesagt, du hättest dich in diesen Jungen verliebt und wolltest ihn heute wieder besuchen – oder habe ich mich da gestern verhört?" Hätte Tante Olga am liebsten ...! Was fällt der ein, so einen Mist zu erzählen?!? Was soll Quentin denn jetzt von mir denken?

Habe versucht, ihn anzurufen, aber es nahm keiner ab. Mist!

Gott, bitte sage Tante Olga mal, dass es nicht gerade christlich ist, seiner Großnichte alles zu vermasseln und abartigen Schwachsinn am Telefon zu verbreiten! Tut mir Leid, aber ich bin echt sauer auf sie!

Donnerstag, 3. August

Quentin hat sich immer noch nicht gemeldet. Wollte ihn anrufen. Am Telefon war seine Mutter und die sagte, er sei für ein verlängertes Wochenende zu Freunden nach Hessen gefahren. Mist!

Freitag, 4. August

Heute ist Tante Olga endlich (!!!) wieder nach Hause gefahren!!! Halleluja! Das Leben kann neu beginnen. (Obwohl, es war eigentlich gar nicht so schlimm mit ihr, wie ich befürchtet hatte ... *Danke, Gott!)*

Immer noch keine Nachricht von Quentin ... (Er könnte doch wenigstens mal anrufen, oder?)

Im Fernsehen kamen heute überall ausführliche Reportagen über den 100. *Geburtstag* von Queen Mum in England. Wenn man bedenkt, dass diese Frau ein ganzes Jahrhundert miterlebt hat ...! Echt Wahnsinn! Fragte mich, wie die Welt wohl aussehen wird, wenn ich mal 100 Jahre alt bin. Schätze, dass man dann nur noch per Computer miteinander redet, einkauft und überhaupt alles erledigt. Wahrscheinlich muss dann auch niemand mehr zur Schule gehen, weil jeder zu Hause am PC lernt – das wäre echt genial. Obwohl, manchmal ist Schule ja auch ganz witzig. Fragte Nico, wie er sich die Welt in hundert Jahren vorstelle, und er meinte: „Ich schätze mal, bis dahin ist Jesus längst wiedergekommen, und die Welt besteht nicht mehr!" Ich: „Meinst du wirklich?" Er: „Bestimmt! Vielleicht kommt Jesus ja auch schon viel früher wieder!" Stellte mir vor, wie es wäre, wenn Jesus heute Nacht käme. Ich meine, natürlich wäre das supertoll, und ich würde mich sicher wahnsinnig freuen ... aber dann hätte ich in meinem Leben nie einen festen Freund gehabt und so. Hm ...

Jesus, hättest du was dagegen, dir mit deinem Wiederkommen noch etwas Zeit zu lassen? Wenigstens so lange, bis Quentin mein fester Freund ist? Ich meine ja nur so ...

Samstag, 5. August

Heute klingelte es an der Tür, und als ich aufmachte, war keiner da. Nur ein großer Blumenstrauß lag da mit einem Zettel, auf dem stand: „Für Paula! In herzlicher Zuneigung von einem großen Verehrer" War völlig von den Socken! Quentin ist echt süß!!!!! Und er liebt mich!!! Bin supermegaoberspitzenmäßig happy!!!! Nico gönnt mir das mal wieder nicht, er grinste nur blöd und meinte: „Du solltest schon mal eine Unfallversicherung abschließen!" Ich: „Wieso das denn?" Nico: „Für den Fall, dass du von deiner rosa Wolke runterfällst!" Ich: „Sehr witzig! Du bist doch nur neidisch, weil Quentin so supersüß ist und mich liebt und du keine Freundin hast!" Er: „Woher weißt du denn, dass die Blumen von Quentin sind? Ich denke, der ist irgendwo im Urlaub!" Ich: „Von wem sollten sie denn sonst sein?" Also ehrlich, Nico versucht doch immer wieder, mir mein Glück madig zu machen. Werde für ihn beten, dass Gott ihm seine übertriebene Eifersucht nimmt!

Sonntag, 6. August

Habe versucht, Quentin anzurufen, aber er war noch nicht da. Schrieb ihm darauf einen Brief. Wusste erst nicht, was ich da schreiben sollte. Fragte Nico nachmittags beim Fernsehen beiläufig: „Hast du schon mal einen Liebesbrief geschrieben?" Er grinste von einem Ohr bis zum anderen und meinte dann: „Wieso fragst du? Willst du einen an Quentin schreiben und weißt nicht, wie du dich da ausdrücken sollst?“ Sagte: „Quatsch! Natürlich wüsste ich, was ich schreiben sollte, wenn ich wirklich einen Liebesbrief schreiben wollte – an wen auch immer ... Ich habe nur mal so allgemein gefragt. Ich meine, das wäre sicher gar nicht so leicht für dich, oder? Wo du doch gar kein ... kein emotionaler Typ bist!“ Er erstaunt: „Bin ich nicht? Na ja, vielleicht würde ich mir da die Bibel zur Hilfe nehmen. Das Hohelied Salomos ist ja auch eine Art Liebesbrief!“ Ging mit den Worten „Ach, da fällt mir ein, ich habe ja noch was zu erledigen“ in mein Zimmer und kramte sofort meine Bibel hervor.

Ich muss schon sagen, das klingt ziemlich merkwürdig, was der Salomo da geschrieben hat. *„Deine Zähne sind wie eine Herde geschorener Schafe, die aus der Schwemme kommen“*(Hoheslied 4, 2) – ich weiß nicht ... Aber schließlich steht das in der Bibel, und dann muss es ja gut sein, oder? Habe jedenfalls versucht, einen Brief an Quentin in Salomos Stil zu schreiben (habe zugegebenermaßen einiges direkt abgeschrieben), nämlich folgenden:

Höre zu, Quentin, den meine Seele liebt!

Du Schönster unter den Männern, nimm hin meinen Dank für die supertollen Blumen! Du bist mir wie ein Milchshake von

Mc Donalds. Siehe, Quentin, du bist wohlgeformt und siehst echt cool aus. Dein Haar ist wie eine Herde Ziegen, die von den Alpen heruntersteigt, und deine Augen funkeln wunderschön wie eine CD, wenn die Sonne drauf fällt (also, in einem bestimmten Winkel). Deine Lippen sind rot wie mein Wollschal (den mir Tante Olga mal gestrickt hat), und dein Hals ist wie der Eiffelturm in Paris. Deine Oberarme sind wie Stahlrohre und deine Beine gelenkig wie Kaugummi! Komm herzu, mein Geliebter, und sei mein Freund auf ewig. Meine Adresse kennst du ja.

In Liebe und Zuneigung immerdar, deine Paula

Bin mir nicht sicher, ob Quentin den Brief nicht doch vielleicht etwas albern findet. Aber schließlich ist er ja auch Christ, da kennt er sicher auch das Hohelied und findet meinen Brief bestimmt ganz toll. Hoffe ich wenigstens.

Steckte den Brief abends ein, bevor ich zur Gemeinschaftsstunde ging.

Hörte heute zufällig, wie Frau Süßmilch Frau Rittmann zuflüsterte: „Ist Ihnen aufgefallen, dass Herr Kamerau heute schon wieder im Gottesdienst fehlt? Ich finde das wirklich beängstigend! Am letzten Sonntag war er auch schon nicht da! Ich fürchte, er ist auf dem besten Wege, die Gemeinschaft mit uns völlig aufzugeben!" Nico, der das mitbekommen hatte, grinste: „Na ja, solange er noch auf dem *besten* Weg ist, brauchen wir uns doch keine Sorgen zu machen, oder?"

Montag, 7. August

Heute klingelte es schon wieder an der Tür, und als ich öffnete, stand nur ein großes Paket (ging mir bis zur Hüfte!) da mit der Aufschrift: „Für meinen Goldengel Paula! Von deinem großen Verehrer. P.S.: Wenn du das Geschenk siehst, wirst du sicher sofort wissen, wer ich bin!" Wusste natürlich auch so sofort, dass nur Quentin dahinterstecken konnte. Hievte das Paket mit einiger Mühe in mein Zimmer. Das Geschenk hat mich allerdings schon etwas erstaunt: ein paar wild zusammengeleimte Holzreste, teilweise mit Stoff oder Plastiktütenresten beklebt. Darauf war ein Schildchen geheftet, auf dem stand: „Klang des Windes bei Sonnenaufgang". Versuchte krampfhaft, in diesem Gebilde einen Sonnenaufgang oder Wind zu erkennen, aber wahrscheinlich fehlt mir für solche Dinge das Verständnis. Hätte Quentin so ein modernes Kunstobjekt gar nicht zugetraut, aber ich finde es trotzdem schön. Zumindest interessant und sehr phantasievoll! Vor allem bin ich total happy, dass Quentin sich für meinen Brief gleich so bombastisch bedankt! Als Nico es sah, lachte er sich halb tot und meinte: „Was ist das denn für ein Schrott? Wollte dir da jemand seinen Müll auf originelle Weise andrehen?" Blödmann! Zischte: „Du kannst einem echt Leid tun, dass du so wenig Sinn für Kunst hast, du Blödi!" Ist doch wahr!

Habe versucht, Quentin anzurufen, aber seine Mutter war am Telefon und behauptete, Quentin sei mit Yasmin unterwegs. Ich ließ sie in dem Glauben. Wahrscheinlich hat Quentin seiner Mutter noch gar nicht gesagt, dass er sich von Yasmin getrennt hat, um sie nicht zu schockieren. Oder er ist wirklich noch mal zu Yasmin gegangen, um endgültig mit ihr Schluss zu machen. Bin jedenfalls wahnsinnig glücklich! Endlich wird Quentin mein Freund!! Das Warten hat sich also doch gelohnt! *Danke, Gott!*

Dienstag, 8. August

Würde mich am liebsten irgendwo in der Erde eingraben, mindestens zehn Meter tief!! War eben bei Heinemanns, weil ich es nicht mehr aushielt und endlich mit Quentin persönlich reden wollte. Er öffnete mir auch die Tür, und ich begrüßte ihn gleich überschwänglich: „Hallo, Quentin! Endlich erwische ich dich mal! Ich bin so happy, dass zwischen uns nun alles klar ist!" Er verunsichert: „Wie meinst du das?" Ich: „Ich sage nur: Klang des Windes bei Sonnenaufgang!" Er (sieht mich an, als sei er sich nicht sicher, ob ich noch alle Tassen im Schrank habe): „Klang des Windes ... was?" Ich: „Du weißt schon, dein Geschenk! Ich habe mich so wahnsinnig gefreut! Es ist wirklich total schön! Ich habe es gleich auf meinen Schreibtisch gestellt und ..." Er unterbricht mich: „Was für ein Geschenk?" Dachte, dass es Quentin vielleicht etwas peinlich ist, darüber auf der Straße zu reden. Sagte deshalb schnell: „Oh, entschuldige, ich verstehe ..." Er: „Ich verstehe leider überhaupt nichts. Wovon redest du eigentlich die ganze Zeit?" Ich (nun ebenfalls etwas verunsichert): „Na ja, von deinem Geschenk! Und auch vielen Dank für die Blumen!" Er: „Welche Blumen? Also, ich habe dir keine geschickt!" Ich: „Bist du sicher?" Er: „Klar. Warum sollte ich dir Blumen schicken? Hast du Geburtstag gehabt?" Ich : „Nein, aber ... ich dachte, weil du mich liebst und ..." Er: „Hör mal, ich weiß ja nicht, was das hier werden soll, aber ich habe nicht viel Zeit im Moment. Ich will zu Yasmin, wir wollen in zwei Wochen zusammen in

Urlaub fahren, und dafür müssen wir noch einiges planen! Gibt es jetzt noch was Wichtiges?" Ich: „Nein ... hat sich erledigt ... also Tschüs!" Rannte so schnell ich konnte nach Hause. Habe dort erst mal dieses hässliche, abartige Gebilde vom Schreibtisch genommen und entsorgt. „Klang des Windes bei Sonnenaufgang"! Dass ich nicht lache! Bin jetzt total fertig! Warum muss ich bloß immer alles falsch verstehen?!?

Mittwoch, 9. August

Was hat Quentin bloß über meinen dämlichen Brief gedacht? Hoffe, er hat ihn aus irgendeinem Grund nie bekommen!

Donnerstag, 10. August

Heute lag schon wieder etwas für mich vor der Tür. Ein Gebilde aus zusammengeschweißten Metallstückchen, beklebt mit zerplatzten Luftballons. Darunter ein Schild, auf dem steht: „Sehnsucht der Liebenden bei Vollmond". Habe den Schrott gleich weggeworfen. Welcher Idiot bastelt nur solchen Mist zusammen? (Nico grinste nur: „Aber Paula, wo bleibt dein Sinn für Kunst? Dein Verehrer muss doch Jahre damit zugebracht haben, sich speziell diese wunderbare Skulptur auszudenken!" Blödmann!) Auf einer Karte, die an das Gebilde geheftet war, stand: „Die Sehnsucht nach dir verzehrt mein Herz! Wenn auch du diese tiefe Zuneigung für mich empfindest, dann komme morgen um drei Uhr zur Kirchentür. Ich freue mich auf dich! In innigster Liebe, dein Verehrer". Werde langsam echt neugierig, wer dieser Spinner ist. Hm ... Vielleicht sollte ich da morgen wirklich hingehen ... Nur, um zu sehen, wer das ist, natürlich!

22.00 Uhr. Erzählte heute Abend beim Chor Dani von meinem merkwürdigen Verehrer. Seit einiger Zeit rede ich im Jugendkreis und beim Chor ziemlich oft mit ihr – irgendwie scheint sie bei allem immer viel mehr Durchblick zu haben als ich. Als ich ihr heute von den merkwürdigen „Kunstwerken" erzählte, lachte sie sich erst mal halb tot und meinte dann, sie würde sich den Typen mal ansehen, und ich solle ihr unbedingt sagen, wer das ist. Dann meinte sie noch, dass er ja vielleicht auch ganz nett ist und das mit dieser „modernen Kunst" nur so eine Macke von ihm ist, um auf originelle Weise meine Aufmerksamkeit zu erregen und mich neugierig zu machen. Vielleicht wäre das sogar mein absoluter Traumtyp! Hm ... vielleicht hat sie Recht. Vielleicht steckt da wirklich ein total netter, witziger Typ hinter, der ungefähr genauso ist wie Quentin! Werde auf jeden Fall morgen hingehen!

Freitag, 11. August

Komme gerade vom „Treffen" mit meinem Verehrer. Das heißt, es ist leider gar nicht dazu gekommen! Als ich kurz vor 15.00 Uhr in Richtung Kirche lief, sah ich schon von weitem diesen arroganten Idioten Christian (Quentins Cousin), der auch an der Kirche stand und sich offenbar suchend umsah. Wollte diesem Schnösel auf keinen Fall noch einmal begegnen und versteckte mich hinter einem Baum. Wartete bis Viertel nach drei, aber mein Verehrer kam nicht. Vermute, er hat diesen Idioten bei der Kirche gesehen, und da war es ihm zu peinlich, auch dort hinzugehen und auf seine große Liebe zu warten. So ein Mist! Dieser blöde Christian muss einem wirklich alles versauen!

Erzählte abends Nico alles (weil er so nachbohrte, warum ich so frustriert wäre). Er lachte nur und meinte schließlich: „Mensch, Paula, meine Kleine, kann man wirklich so blöd sein? Na ja, ich bin gespannt, wann bei dir der Groschen fällt!" Dann ging er lachend und kopfschüttelnd in sein Zimmer. Was sollte das denn nun wieder? Welcher Groschen? Habe immer mehr den Eindruck, dass Nico hin und wieder etwas spinnt!

Samstag, 12. August

Könnte immer noch pausenlos Schreikrämpfe kriegen wegen diesem Idioten Christian Heinemann! Traf ihn eben im Supermarkt. Eine der größten Blamagen meines Lebens! Er lief auf mich zu, fiel dann vor mir auf die Knie (vor all den Leuten, voll peinlich!) und schmachtete: „Paula, du schönste Blume in meinem Garten! Mein Schatz, meine Liebste, warum bist du gestern nicht gekommen? Hast du denn meinen Brief nicht erhalten?“ War im ersten Moment so geschockt, dass ich nur stotterte: „Welchen Brief ...?“ Christian, noch immer auf Knien: „Meinen Brief und das Kunstwerk, das ich speziell für dich erschaffen habe!“ Langsam dämmerte es mir, und ich rief entsetzt: „Das war von dir??“ Er stand umständlich auf, riss dabei ein Marmeladenglas um und jammerte: „Hach, mein Kreuz! (Er fasste sich mit schmerzverzerrtem Gesicht an den Rücken.) Ich bin vor drei Jahren mal vom Fahrrad gefallen, seitdem bin ich sozusagen ein gesundheitliches Wrack. Aber das lasse ich mir natürlich nicht anmerken. Jedenfalls ... ja ... also, natürlich war das von mir! Als ich neulich bei unserem Gespräch dein Kunstverständnis sah, wurde mir sofort klar, dass wir sozusagen vom Schicksal füreinander bestimmt sind!" Er versuchte, mich in den Arm zu nehmen, und mir wurde fast schlecht. Sagte schnell: „Das sehe ich nicht ganz so ..." Er: „Ich weiß, du bist eine zurückhaltende Frau, die erobert werden will! Aber ich werde alles tun, um dein Herz zu bekommen, auf dass es immer für mich schlagen möge!" Murmelte etwas entnervt: „Da hast du wenig Chancen! Ich habe keinen Organspenderausweis!" Er sah mich irritiert an, dann lachte er dämlich und sülzte: „Oh, dein Humor ist köstlich! Ich wusste es, wir passen wunderbar zusammen!" Versuchte, ihn loszuwerden, aber er tänzelte die ganze Zeit um mich herum. Schließlich stand er an der Kasse vor mir, um sein großes Schokoladenherz zu bezahlen. Als die Verkäuferin sagte: „Das macht 4,95 DM", holte er aus seiner linken Hosentasche einen riesigen Haufen 1-Pfennigstücke und sagte: „Bitteschön! Nehmen Sie sich, was Sie brauchen!" Die Verkäuferin sah ihn entgeistert an und meinte dann: „Das ist doch wohl nicht Ihr Ernst, dass ich jetzt 495 Pfennige abzählen soll!"

Er: „Wer den Pfennig nicht ehrt, ist der D-Mark nicht wert!"

Sie: „Sie spinnen doch! Sehen Sie sich mal die lange Schlange hinter sich an! Haben Sie es nicht etwas größer?"

Er (beleidigt): „Nun gut, wenn Sie darauf bestehen! Für meinen Schatz tue ich alles!" Dabei deutete er auf mich. Sagte schnell: „Ich bin nicht sein Schatz!!" Dann holte dieser Depp aus der rechten Hosentasche einen Haufen mit 2-Pfennig und 5-Pfennigstücken. Dachte, ich krieg `ne Krise! Die Verkäuferin, schon leicht wütend: „Das soll wohl ein Witz sein?!" Er: „Also, das ist wirklich eine Unverschämtheit, dass man hier nicht mit gutem, deutschen Geld bezahlen kann! Nur, weil das Personal zu bequem ist, ein paar Pfennige zusammenzuzählen!" Die Schlange hinter uns wurde immer länger, die Leute immer ärgerlicher, und eine Frau knurrte mich an: „Nun sag deinem Freund mal, er soll endlich vernünftig bezahlen!" Knurrte: „Das ist nicht mein Freund! Dieser Typ ist nur ein psychisch kranker Bekannter!" Hätte mich am liebsten in Luft aufgelöst oder diesem Idioten den Hals umgedreht. Schließlich kam der Geschäftsführer, und da zog Christian dann einen Zehnmarkschein hervor und bezahlte. Die Schlange hinter uns atmete erleichtert auf. Aber zu früh. Als Christian seine Pfennige wieder in seine Taschen zurücksteckte, fielen einige herunter und er krabbelte auf dem Boden herum, bis er alle wiederhatte. Wunderte mich etwas, dass das seinem Rücken gar nichts auszumachen schien. Endlich war er fertig und ging raus! Wollte gerade aufatmen, als er mich vorm Laden abfing und mir das Herz überreichte und sagte: „Für dich, meine Liebste! Die ganze Mühe eben warst du mir wert! Kannst du mir da deine Liebe noch verwehren!" Knurrte: „Da kannst du Gift drauf nehmen!" Verschwand so schnell ich konnte! Hoffe, ich laufe diesem Hornochsen nie wieder über den Weg!

(viel später) Komme gerade vom Jugendkreis. Ottmar hatte mal wieder das Thema, diesmal: „Grammatik bei Paulus – was können wir daraus lernen?" War ziemlich öde, und gelernt hat, glaube ich, keiner etwas. Habe hinterher Dani die ganze Geschichte mit Christian erzählt. Sie lachte Tränen und meinte dann: „Du kannst einem ja echt Leid tun! Da hast du schon mal einen Verehrer und dann ist das so ein Trottel!" Wie wahr! Bin froh, dass Nico und der Rest meiner Familie wenigstens von dieser Pleite nichts mitbekommen haben. Dani und ich quatschten noch bis halb zwei nachts miteinander

– war echt super! (Zum Glück kann ich ja morgen ausschlafen ... pardon: heute!)

Sonntag, 13. August

Mama weckte mich heute Morgen um halb neun – also quasi mitten in der Nacht – und meinte: „Paula, da ist ein Herr Heinemann am Telefon, der will dich sprechen! Könnte das Quentin sein?" War noch halb verschlafen und sagte: „Natürlich ist er das!" Stürzte zum Telefon und rief glücklich in den Hörer: „Hallo! Das ist ja eine tolle Überraschung, dass du anrufst!" Dann folgte die Ernüchterung: „Hallo, mein Schatz, hier ist Chrissi! Es freut mich, dass dich mein Anruf so glücklich macht! Ich möchte dich heute Nachmittag gerne zum Eisessen einladen, meine Süße! Ich hole dich dann um drei Uhr ab! Bis dann!" Noch bevor ich mich von meinem Schock erholt hatte und etwas sagen konnte, hatte dieser dämliche Typ wieder aufgelegt! War stocksauer! Was bildet der sich eigentlich ein?!

Verdrückte mich nachmittags ab zwei zu Coffee, um ihm auf jeden Fall zu entkommen. Als ich ihr erzählte, was für bescheuerte Annäherungsversuche dieser Typ dauernd macht, sah sie mich nur begeistert an und schwärmte immer wieder: „Ach, ist das romantisch!" Also, manchmal zweifele ich wirklich an ihrem Geisteszustand! Vielleicht ist Ottmar doch nicht ganz der richtige Umgang für sie ...

Bin auf jeden Fall froh, diesen Schnösel versetzt zu haben. Denke, das wird ihm eine Lehre sein und er wird sich nie wieder bei mir melden!

Ging abends zur Gemeinschaftsstunde. War echt toll. Herr Klein predigte über das Thema: „Du bist wertvoll". Ging darum, dass jeder Gott so wertvoll ist, als wäre er seine einzige Sorge. Und dass Gott nie jemanden aufgibt, egal, wie schlecht oder verkorkst man ist! Mich durchfuhr mal wieder ein sehr wohliges Gefühl bei dem Gedanken, dass Gott mich noch immer so sehr liebt, obwohl ich hin und wieder wahrscheinlich alles andere als liebenswert bin. War richtig glücklich – bis Nico nach dem Gottesdienst zu mir sagte: „Kaum zu glauben, dass Gott auch solche Typen wie deinen Verehrer so sehr liebt, was?" Muss Nico mir immer jeden schönen Abend verderben?! ... Und nebenbei bemerkt, wer hat ihm das von meiner Pleite erzählt?

Montag, 14. August

Dieser blöde Christian hat sich nicht wieder gemeldet! Halleluja!

Dienstag, 15. August

Ha, diesen Trottel bin ich echt losgeworden!

Mittwoch, 16. August

Mist, zu früh gefreut! Heute stand schon wieder eine Schachtel Pralinen für mich vor der Tür und ein Zettel mit der Aufschrift: „Verzeih mir, mein Engel, dass ich deine Termine nicht berücksichtigt habe. Werde mich morgen zwecks eines neuen Rendezvous bei dir melden. Überprüfe bis dahin bitte deine Termine und überlege dir schon mal einen passenden Treffpunkt. Bis dahin, dein Liebster, Chrissi"

Murmelte nur: „Das hättest du wohl gern, du Knalltüte! Vergiss es!" Warf die Karte weg, ärgerte mich aber noch den ganzen Tag darüber. Warum kann sich nicht mal ein total süßer, netter Christ in mich verlieben?!?

Donnerstag, 17. August

14.00 Uhr. Gegen zehn Uhr heute Morgen rief mich Mutti und meinte: „Ein Christian will dich sprechen! Ist das dieser komische Künstler?" Nickte genervt und meinte: „Sag ihm, ich habe keine Zeit!" Sie grinste: „Das musst du ihm schon selbst sagen!", und reichte mir den Hörer. Brummte „Hallo, ich habe ..." Er ließ mich nicht ausreden, sondern sagte gleich: „Hallo, mein Goldengelchen! Ich hoffe, du hast gut geschlafen! Ist es möglich, dass wir uns heute Nachmittag um drei an der Eisdiele treffen? Quentin kommt auch mit!" War ziemlich überrascht und überlegte blitzschnell: Das wäre endlich mal eine Gelegenheit, wieder mit Quentin zu reden. Vielleicht hat er mich ja doch sehr gern – warum will er sonst mitkommen? Und vielleicht schaffen wir es dann, seinen doofen Cousin loszuwerden! Und dann hätte ich endlich mein langersehntes Rendezvous mit Quentin! Sagte schnell: „Ja, drei Uhr ist okay! Bis dann!" Mutti, die das Gespräch offenbar belauscht hatte, sah mich sehr verwundert an und fragte: „Du willst dich wirklich mit ihm treffen?" Lächelte: „Ach Mutti, als Christ sollte man doch auch zu solchen Nervensägen freundlich sein! Keine Angst, ich werde ihm schon keine falschen Hoffnungen machen!" Mutti sah mich mit diesem Blick an, der ungefähr so viel ausdrückt wie: „Ich bin stolz auf dich! Meine Versuche, dich christlich zu erziehen, scheinen doch einiges bewirkt zu haben!“ Verschwand schnell in mein Zimmer. Freue mich schon riesig auf den Nachmittag! Natürlich nur auf Quentin!

18.00 Uhr. So ein Mist! Christian kam allein, weil Quentin angeblich im letzten Moment doch nicht mehr mitwollte! Er laberte mich dann eine halbe Stunde voll mit irgendwelchem Zeug über moderne Kunst und seine große Begabung, Gefühle und Stimmungen in kunstvollen Skulpturen darstellen zu können. Wollte mich eigentlich schon nach drei Minuten von ihm verabschieden, aber er ließ mich einfach nicht zu Wort kommen. Als ich in seiner Atempause gerade ansetzte: „Also, ich will dann auch ...“, unterbrach er mich: „Du willst endlich ein Eis essen, mein Schatz! Wie dumm von mir, das ganz zu vergessen!“ Er rief laut die Bedienung („Herr Ober!“ Wie peinlich!) und bestellte einfach für mich einen Erdbeerbecher, weil ihm Quentin angeblich gesagt hatte, dass ich so etwas sicher mag. Konnte nun ja schlecht nach Hause gehen und hörte mir eine weitere halbe Stunde sein Gelaber an, diesmal über die tragischen Folgen seines Fahrradsturzes vor drei Jahren, als er auf einer Ölspur ausgerutscht war. Seinem Reden nach zu urteilen ist er nun ein schwerstkranker Mann, der quasi nur noch dahinsiecht und leidvoll auf sein Ende wartet. Zwischendurch betonte er immer wieder, dass er natürlich nie ein Wort über seine zahllosen Qualen verlieren würde, um etwa das Mitleid seiner Mitmenschen zu erregen. Nein, er leide ganz still für sich, wie es sich für einen wirklichen Mann gehöre! Als ich ihn fragte, was genau er denn für Verletzungen damals gehabt hätte, meinte er: „Einfach alles! Diese völlig inkompetenten Ärzte haben zwar nichts gefunden, aber das ist ja wieder typisch. Aber das Körperliche war noch gar nicht das Schlimmste, mein Schatz! Das Schrecklichste an diesem furchtbaren Unfall sind die psychischen Folgen! Immer wieder bekomme ich seitdem Alpträume! Erst vor zwei Wochen träumte ich, ein überdimensionaler Frosch würde mich verfolgen!" Fragte etwas irritiert: „Was hat denn ein Frosch mit deinem Fahrradunfall zu tun?" Er: „Mein Fahrrad war auch grün!" Also ehrlich ...!

Gegen fünf Uhr konnte ich mich endlich von ihm befreien. Behauptete dabei dämlicherweise, dass ich schon einen Freund habe, als er immer wieder nachbohrte. Habe ein etwas schlechtes Gewissen. Na ja, vielleicht bin ich ihn so wenigstens losgeworden.

Freitag, 18. August

Warum habe ich bloß gesagt, dass ich schon einen Freund habe?! Wenn der das jetzt Quentin erzählt, kann ich mir eine Freundschaft mit Quentin endgültig abschminken! Ich Dussel!

Samstag, 19. August

Bin immer noch etwas durcheinander. Komme gerade vom Supermarkt. Traf dort auf Sascha (den aus meiner Klasse), der mich gleich grinsend begrüßte: „Na, Terzelchen, gar nicht im Urlaub? Ich hätte wetten können, du machst eine Wallfahrt nach Rom oder Urlaub in Jerusalem!" Knurrte: „Sehr witzig!" In diesem Moment sah ich Christian Heinemann um die Ecke kommen! Bekam fast einen Herzschlag! Leider sah er mich sofort und begrüßte mich strahlend: „Hallo, Paula! Wie schön, dich so schnell wiederzusehen! Ich habe mich schon wieder so nach dir gesehnt!" Dann sah er unsicher zu Sascha und meinte: „Ist das dein Freund?" Sagte schnell: „Ja genau! Das ist mein Sascha!", damit dieser Blödmann nicht wieder so eine lächerliche Szene abziehen würde wie neulich. Sascha war im ersten Moment wohl etwas verdutzt, kapierte aber schnell, was los war, und spielte dann zum Glück mit. Er nahm mich in den Arm und fragte: „Und wer bist du? Willst du etwa meine Freundin anbaggern? Da hätte ich aber einiges dagegen!" Christian grinste verlegen, dann verabschiedete er sich schnell („Ich ... äh ... also, nichts für ungut, ich ... ich gehe dann mal wieder!") und lief davon. Sagte zu Sascha: „Danke! Du warst eben echt mein Retter in der Not! Diese Knalltüte bildet sich nämlich ein, er hätte bei mir Chancen!" Sascha drückte mir einen Kuss auf die Backe und grinste: „Hab' ich doch gerne gemacht, Terzelchen! Kann ich auch jederzeit gerne wiederholen! Bis bald!" Dann ging er. Stand da wie elektrisiert. Irgendwie ist Sascha eigentlich echt süß, oder?

22.00 Uhr. Dachte heute im Jugendkreis, ich sehe nicht richtig! Heute kam Sascha! In unseren Jugendkreis!! Er lief gleich auf mich zu und meinte: „Ich dachte, ich sollte dich vielleicht auch hier beschützen, falls dein Verehrer noch mal auftaucht. Ich kann meine Freundin ja nicht einfach so im Stich lassen!" War völlig von den Socken. Stotterte: „Woher weißt du ... dass ich hier bin?"

Er grinste: „Von Coffee natürlich! Du weißt schon, alte Connections!" (Sascha war ja mal kurze Zeit mit Coffee zusammen.) War so baff, dass ich gar nichts mehr sagen konnte und von dem Thema („Christ sein – was heißt das eigentlich?") nichts mitbekam. Hinterher meinte Sascha zu mir, der „Laden hier sei ja gar nicht mal so übel", und er würde vielleicht nächste Woche wiederkommen! Und Christen seien wohl doch ganz anders, als er gedacht habe. Und dann fragte er mich noch, ob ich nicht Lust hätte, mal zusammen mit ihm ins Kino zu gehen!! Sagte: „Klar ... nächste Woche vielleicht ..." Er: „Okay, ich freue mich schon drauf, Terzelchen!" Ich: „Was ist das eigentlich, ein Terzelchen?" Er: „Keine Ahnung! Aber es klingt doch nett, oder?" Ich: „Hm ... ja ... eigentlich schon ..."

Kann es sein, dass Sascha mich schon lange mag und ich das bloß nicht gerafft habe? Also, eigentlich habe ich gar nichts dagegen, wenn er mein Freund werden würde ... Das heißt, er sollte natürlich vorher Christ werden!

Danke, Gott, für diesen Tag!! Tut mir Leid, dass ich Christian angelogen habe! ... Aber vielleicht war das ja auch gar keine richtige Lüge, wenn Sascha jetzt mein Freund wird ... Das wäre irgendwie echt stark ...

Sonntag, 20. August

Komme gerade von der Gemeinschaftsstunde. War total super! Herr Kamerau, der die Einleitung machen sollte, kam erst nicht. Sah, wie Frau Süßmilch schon wieder ihren Sitznachbarn zuraunte, wie oft er schon gefehlt habe in letzter Zeit, und dass sie sich ja wirklich Sorgen mache und dass er sicher schon vom Glauben abgefallen sei. Gerade wollte Herr Klein die Einleitung spontan übernehmen, als Herr Kamerau mit Herrn Reinke hereinkam, einem Mann, von dem alle wussten, dass er wohl öfter betrunken als nüchtern ist. Sah an Frau Süßmilchs Gesicht, dass sie ziemlich entsetzt war. Herr Reinke setzte sich neben Herrn Klein, der ihn gleich freundlich begrüßte, und Herr Kamerau ging nach vorn und sagte: „Es tut mir Leid, dass ich mich um genau (ein Blick auf die Uhr) acht Minuten verspätet habe. Aber es brauchte einige Zeit, bis ich Herrn Reinke überreden konnte, mitzukommen. Er war nämlich noch nie in einer Gemeinde oder so etwas Ähnlichem gewesen. Ich freue mich jedenfalls sehr, dass er nun hier ist, und er hat mir auch erlaubt, Ihnen zu erzählen, warum. Vor einigen Monaten schickte ihn Gott mir quasi über den Weg. Herr Reinke lief mir im betrunkenen Zustand fast vors Auto. Ich habe ihn dann nach Hause gebracht, und so kamen wir ins Gespräch." Herr Kamerau erzählte dann, wie sich zwischen ihm und Herrn Reinke so nach und nach eine Freundschaft entwickelte. Irgendwann hat Herr Reinke dann angefangen, sich für Gott zu interessieren. Herr Kamerau erzählte ihm viel über seinen Glauben an Gott und schließlich lasen beide dann zusammen in der Bibel, fast jeden Abend, auch oft sonntags. Und vorgestern ist Herr Reinke dann Christ geworden!!

Alle waren richtig bewegt und froh, als sie das hörten. Nur Frau Süßmilch sah nach unten. Vermute, sie hat in diesem Moment in Gedanken alle Minusstriche auf ihrer „Anwesenheitsliste für Gemeindemitglieder" gestrichen.

Irgendwie finde ich das echt stark, wie du das gemacht hast, Gott! Dass so ein Trinker zu dir findet, meine ich. Also, wenn du dich um den so kümmerst, dann kümmerst du dich doch bestimmt auch um Sascha, oder? Wäre schon toll, wenn er

Christ werden würde ... Bin jedenfalls sehr gespannt, wie du das bei ihm erreichen wirst!